altamarea

Primera edición en esta colección: diciembre de 2020
Segunda edición: noviembre de 2025

altamarea.es
altamarea@altamarea.es

Diseño de la colección: Sara Maroto Hebrero
Diseño de cubierta: Federica Grosso
Corrección: Carlos Clavería Laguarda, Marta Pérez, Andrea Pérez Álvarez, Cristina Herrera Barreiro
Maquetación: José D. Encinas

ISBN: 978-84-10435-67-4
DL: M-13726-2025

Impreso por KS Printing en julio de 2025

PABLO
HERRÁN DE VIU

Mientras pudimos

BARLOVENTO

A Eve

* * *

Cuando empezamos a caer, caemos hasta el fondo del abismo.

Isaac Bashevis Singer y Eve Friedman,
Teibele and Her Demon

I

Eve entra en casa con la prensa bajo el brazo y el correo entre los dientes. Lo primero que hace al atravesar el umbral de la puerta es mirar a distancia el aparato del contestador de voz. Cuando la lucecita roja parpadea significa que hay un mensaje y eso le pone la piel de gallina. En estos tiempos son muy pocos los que la llaman por teléfono, a excepción de su hermano y de las enfermeras que cuidan de él. Teme que, en cualquier momento, una de esas muchachas le comunique que Jessie se ha suicidado, tal y como lleva años repitiendo que va a hacer, o que sencillamente ha muerto de manera natural, tal y como los médicos han alertado que pronto sucederá. La cuestión es que hoy no parpadea, lo que viene a ser un nuevo motivo para considerar que este martes cualquiera se está convirtiendo, poco a poco y sin preverlo, en un día maravilloso.

Aunque son las siete de la tarde, la luz todavía entra a raudales a través de las ventanas.

Deja la prensa y el correo sobre una mesa de cristal cubierta por periódicos que ni siquiera ha hojeado y por cartas antiguas que nunca han sido abiertas. Se quita la fina chaqueta de hilo y sonríe al pensar que pronto no la necesitará.

Eve disfruta como una niña de las dos primeras semanas de verano. Después se le hace una estación insufrible. Pésima. La peor de todas.

Inquieta, se frota las manos ante el debate que se produce en su fuero interno: ¿Debería cenar ahora o esperar, al menos, media hora más? Sabe que si lo hace tan pronto volverá a tener hambre antes de medianoche y no dejará de pensar en el helado de chocolate que guarda en el congelador como un vestigio de una época pasada. La doctora se lo ha prohibido rotundamente.

Accede a la cocina y, todavía indecisa, abre la nevera y se inclina hasta meter medio cuerpo en ella. Los estantes están llenos de táperes con comida variada, parte de ella ya caducada: en realidad le da igual, porque últimamente solo tiene ojos para los muslitos. Lleva nueve días seguidos cenando lo mismo, pero es que desde que están a mitad de precio en Gristedes cada mordisco le sabe a gloria. Los observa de cerca y selecciona uno carnoso y otro más escuchimizado de entre la docena que hay en una bandeja. Los coloca sobre un plato que a continuación mete en el microondas, y lo programa para que se cocinen quince minutos a alta intensidad. Sale de la cocina y se frota de nuevo las manos con fruición.

Atraviesa el salón tratando de no tropezar con ninguno de los obstáculos que hay tirados por aquí y por allá: un carro de la compra repleto de botellas de plástico vacías que planea intercambiar en el cvs por monedas de cinco céntimos; una caja con un puzle para niños que unas semanas atrás encontró en el trastero, pero que está como nuevo y cabe la posibilidad de que un día de estos conozca a un chiquillo por la calle a quien se lo pueda regalar; un edredón con el estampado de una Barbie en tutú que no recuerda de dónde ha salido, probablemente también del trastero que comparte con los inquilinos de la cuarta planta, pero que a ella le parece algo demasiado femenino como para permitir que se lo lleve el camión de la basura. Y como estas, hay un montón de otras cosas esparcidas por el suelo sobre el que ahora avanza con cautela.

El problema no es que sea desordenada, ni mucho menos sucia. Lo que pasa es que cada objeto que entra en su apartamento representa para Eve un proyecto de futuro «inamovible».

Se sienta en la butaca de cuero marrón y se queda mirando la pantalla oscura del televisor sin intención de alcanzar el mando a distancia. Prefiere reservarse para el programa británico que retransmiten en la FOX a las nueve de la noche. Por el momento, y hasta que los muslitos terminen de asarse, tiene un asunto concreto sobre el que meditar.

¿Cuál era su nombre? *Shit.* ¿De dónde ha dicho que es? *Holy shit.* Está segura que de Francia no. Segura no, segurísima. ¿Grecia? Tampoco. ¿Será ruso? Ni por asomo. Juraría que proviene de un país europeo con mucho sol… olivos… largas hileras de olivos que se extienden hasta el mar. Le gusta imaginarse que esos bosques ordenados e interminables trascienden la etiqueta de la botella de aceite con la que aliña las ensaladas… ¿España? Esto no suena tan disparatado.

Le cuesta creer que haya olvidado el nombre. Hace apenas diez minutos todavía estaban sentados juntos en el patio interior del edificio y, al despedirse, Eve le había pedido que se lo repitiera una vez más, y que lo hiciera despacio. Pero ahora es incapaz de recordarlo. Qué desastre. Se palpa los párpados con las yemas de los dedos y piensa que, en cambio, si supiese dibujar sería capaz de retratar su cara con todo detalle, tal es la nitidez con la que se ha quedado impresa en su cerebro. Lo más gracioso de él es su pelo revuelto y lo más llamativo son sus ojos rápidos, avispados. Tiene la tez dorada y una mandíbula ancha bien afeitada. Su voz, aunque masculina, salta continuamente de tono como si todavía no fuera capaz de controlarla. Hay que reconocer que es apuesto. Al menos, a ella le ha parecido apto para interpretar el rol de rompecorazones en una superproducción romántica de Hollywood, si no fuera por ese acento ridículo que tiene al hablar en inglés.

Eve vive en el cruce de Broadway con la calle 9, a dos manzanas de la Facultad de cine de la New York University. A menudo, cuando sale para hacer la compra o dar un paseo alrededor de la manzana, acaba de cháchara con uno de esos estudiantes ambiciosos. No hay nada que la revitalice más que conocer las inquietudes de los jóvenes de hoy en día. Además, no le resulta difícil camelárselos. En cuanto les menciona que una de sus obras de teatro se representó en Broadway y recorrió los escenarios del mundo entero, a esos chicos se les dilatan los ojos y la invitan a tomar café. La pena es que, después de una primera toma de contacto en alguna cafetería de Greenwich Village, son pocos los que la llaman. Y, de entre los pocos que se deciden a hacerlo, son poquísimos los que acaban yendo a su apartamento. En todo caso vienen una sola vez para intentar convencerla de que protagonice un documental de breve duración para clase, y en cuanto ella les dice que muchísimas gracias pero no, desaparecen sin dejar rastro.

No obstante, tiene el presentimiento de que el de hoy es diferente a los demás. Al menos no es estudiante de la NYU, lo que garantiza que no tendrá intención de desenfundar una cámara de video en el momento más inesperado.

¡Pablo! ¡Así se llama! Pablo. Pablo. Pablo.

Pablo pareció desubicado cuando ella le pidió la mano para cruzar el paso de peatones. No tenía prisa por ir a ninguna parte, eso lo había dejado claro, y él se había ofrecido a acompañarla no solo a la acera de enfrente, sino hasta el portal de su casa. Una vez allí, cuando Eve lo invitó al patio de su edificio, Pablo no se lo pensó dos veces antes de aceptar. Durante la charla, que duró un par de horas, descubrieron que tienen muchas cosas en común: no tienen descendencia, son los menores de cuatro hermanos. Ambos son guionistas, están solteros, son torpes, enemigos declarados de la tecnología, indiferentes a la moda, más hechos al silencio que a la música; tanto él como Eve disfrutan de la soledad, a ninguno de los dos les gustan las películas de terror, ni las bélicas, ni las comedias tontas y odian profundamente la mostaza. Al final de la tertulia Eve se llevó las manos a la boca en un ademán teatral: «Todas estas coincidencias me están empezando a dar un poco de miedo». Él se rio. Una oleada de sonidos arenosos que la hizo reír a ella también. Recuerda perfectamente la risa del muchacho. De Juan.

Juan. Juan. Juan. No lo quiere olvidar nunca.

La única diferencia evidente que existe entre ellos es que Juan tiene veinticuatro años y Eve ochenta y tres, aunque este detalle no se lo ha revelado y desea que a él le haya pasado inadvertido. No es que tenga intención de conquistarlo, ya no está para esos trotes. Simplemente piensa que nadie tiene por qué saber que es una mujer de edad avanzada; y menos alguien tan joven como él.

Se incorpora de un salto al escuchar la alarma del microondas. ¡El pollo está listo! O no. A veces quince minutos no son suficientes, recuerda, depende del grosor del muslito.

Atraviesa el salón a un ritmo más temerario que a la ida. No soporta que la carne no esté jugosa. Además, el dentista no quiere que mastique alimentos crudos. Llega a la cocina jadeando y abre la puerta del microondas. Se agacha hasta estar a un palmo de la cena, permitiendo que el humo la envuelva como un tratamiento facial de vapor.

Estos muslitos huelen que alimentan y, por su aspecto delicioso, cualquiera diría que están en su punto.

Sonríe, en parte porque de repente tiene mucha hambre, aunque debe esperar hasta que el plato se enfríe un poco. El otro motivo de esta mueca, sin duda favorecedora, es la plena convicción de que volverá a ver al recién conocido. Tiene pinta de ser del tipo de caballero que cumple su palabra. Está segura de que Carlos llamará.

Carlos. Carlos. Carlos… El nombre aún reverbera en sus oídos.

Nadar con este tiempo no es tan duro como lo era un mes antes.

Eve, que hoy lleva gafas de sol y va en manga corta, arrastra con ambas manos el carrito en dirección a Cooper Square. El carrito está hecho polvo. Las ruedas sin gomas están a punto de soltarse y el metal que se ve por debajo de la pintura desconchada está oxidado, pero no piensa reemplazarlo hasta que encuentre otro con el asidero a la altura del ombligo. Además, el que tiene no es tan aparatoso como los que venden en el Walgreens y le cabe todo lo que necesita: toalla, bañador, gorro, tubo, gafas, zapatos de buceo, gel de baño y champú. Los tapones para los oídos los lleva en el bolsillo de las bermudas.

De camino al Health & Racquet Club siempre trata de pasar inadvertida, pese al estruendo que monta por culpa del carrito. Recorre con la mirada baja las dos manzanas y media que la separan del centro deportivo. Sabe que si iniciara una conversación con algún desconocido, lo más probable es que se le hiciera tarde y acabaría por no llevar a cabo la única actividad que todavía la hace sentirse dueña de su cuerpo. Además, solo va dos veces por semana y es entonces cuando se asea de verdad. Las duchas del club son seguras, no como la bañera de casa, que no ha utilizado en cinco años porque la última vez se resbaló y se llevó un susto de muerte. A pesar de que Eve no suele sudar, teme que si se saltase alguna de sus sesiones semanales empezaría a oler. Y eso es lo último que desea. De modo que no levanta la mirada del suelo hasta que llega a la entrada.

Una vez en los vestuarios, se sienta en una banqueta y resopla antes de desatarse los cordones. Es la parte más molesta del proceso que implica ponerse el traje de baño. Le duele horrores quitarse los zapatos. Aunque ponérselos es aún peor. Vaya que sí. Mucho peor.

Cuando está casi lista, se dirige al amplio espejo de la entrada con un bañador bicolor y los zapatos de neopreno para bucear puestos. Una vez allí, se pone los tapones en los oídos y se acomoda el gorro y unas gafas que también le cubren toda la frente. Acaba el consabido ritual mordiendo la boquilla de plástico y resoplando hasta cerciorarse de que el extremo del tubo apunta al techo.

Antes de abandonar el vestuario, contempla atentamente su aspecto en el reflejo.

Para ser una mujer de ochenta y tres años no está nada mal, qué puede decir… Bueno, su estómago ha adoptado las dimensiones de un balón de rugby. No se lo quita de encima ni aunque apenas pruebe el helado de chocolate. Pero aparte de la barriga, no se avergüenza de nada más.

Por debajo de las axilas descienden unos ramilletes de arrugas tan finas como las raíces de un jazmín. Tiene manchas en las piernas, vale, y un montón de varices, pero vamos a ver, son unas piernas cortitas e ideales, no le ha salido un solo pelo negro en toda la vida. Los pies son horrorosos, eso sí, una pena, se le han puesto como ladrillos, pero a causa de las hernias cervicales, ni queriendo podría inclinar el cuello para prestarles atención. En cuanto a los hombros… Le consta que son las piezas más valiosas de entre todos los huesos que componen su esqueleto. Al tiempo que se acaricia uno de ellos con deleite, sonríe —sin dejar de morder la boquilla del tubo— al recordar que su primer pretendiente le dijo que tocar uno de sus hombros era como girar el pomo de una puerta. Todavía no ha descubierto qué quiso decir con semejante tontería, pero aquel chico lleno de granos se moría por ella.

El socorrista se ajusta el cordón del bañador en cuanto la ve. Es habitual que acabe tirándose al agua para auxiliarla. Eve tiene una facilidad asombrosa para quedarse dormida mientras nada a braza, por eso hoy no le quita el ojo de encima: va tan lenta que parece que flote siempre en el mismo punto de la piscina. Es la única nadadora de entre los presentes que utiliza tubo. Por ello, en ningún momento aparta la mirada del fondo de la piscina, lo cual la pone nostálgica. El suelo se le antoja un lienzo sobre el que retratar un pasado remoto en el que ella no es más que una renacuaja llena de rizos que camina de la mano de sus padres, o sobre los hombros de su hermano Jessie. A veces, muy pocas, confunde los nombres, pero siempre visualiza sobre las baldosas azules hasta el más discreto lunar de sus rostros. En el agua, la cabeza de Eve emprende viajes en solitario que casi siempre desembocan en parajes somnolientos.

Ya aseada y vestida pero todavía sin calzar, mira los zapatos ortopédicos con auténtico pavor. Le costaron un dineral porque, antes de confeccionárselos, un profesional le midió con lupa hasta los callos de los pies. Si tuviese ánimos para ir a visitarlo al Upper West Side, le lanzaría los zapatos a la cara y lo acusaría de maltratador por venderle estas dos monstruosidades que la torturan a diario.

De pronto, sonríe ante una ocurrencia del todo convincente.

Inspira una bocanada de aire en cuanto pisa la Tercera Avenida con sus comodísimos zapatos de buceo, todavía húmedos. Ha enterrado los otros en el fondo del carrito. Las suelas son tan finas que siente el calor del asfalto ascender por su cuerpo como el humo. Al ser de neopreno no le hacen daño, al ser de color fosforito no pasan inadvertidos. La mayoría de la gente que se cruza con ella le mira los zapatos, sorprendida, y luego le sonríe, moviendo la cabeza en sentido afirmativo. Todas estas muestras de aprobación consiguen halagarla. No obstante, Eve aminora el paso a medida que se acerca a casa por miedo al contestador de voz.

Solo algo tan desafortunado como encontrarse la lucecita roja parpadeando podría arruinar este jueves cualquiera que se está convirtiendo, poco a poco y sin preverlo, en un día excepcional.

La noche avanza. La ventana de la habitación está abierta por completo, pero los visillos no reciben ni el más leve golpe de viento. Sobre la mesilla de noche hay un ventilador en marcha que le refresca la frente. Lleva una hora en la cama rodeada por cinco radios portátiles idénticas. Cada una de ellas está sintonizada en una emisora distinta para evitarse el lío de buscar las frecuencias manualmente. Ahora escucha música clásica, pero tras mirar el reloj de pared se da cuenta de que ha llegado la hora de apagar la radio y la luz. La mera idea de hacerlo la asusta. Primero presiona el botón del aparato y un súbito silencio irrumpe en el apartamento; acto seguido, suspira hondo al extender el brazo y darle al interruptor. Justo después le entran unos escalofríos que la hacen temblar espasmódicamente debajo de la sábana. Aprieta mucho los párpados y se pone a pensar en los empleados del supermercado Gristedes a los que ha visto esta tarde.

Los escalofríos, de este modo, remiten poco a poco.

Su preferido es Mohamed, un hombre de origen africano que siempre suelta un grito escandaloso y se lleva las manos a la cabeza al encontrarla por los pasillos del supermercado. Eve piensa que es una pena que no haya sido actor, es tan bueno actuando que consigue hacerle creer que realmente se alegra tanto cada vez que la ve, a pesar de que esto sucede un día sí y otro no. Todavía con los párpados entrecerrados, se abraza a la almohada al recordar lo que hoy Mohamed ha exclamado asomándose detrás de los pescados: «¿¡Qué ven mis ojos!? ¡Pero si es mi hermana blanca que ha venido a verme!». Lleva años llamándola así, «mi hermana blanca».

También están las dos cajeras. Emily, la prima de Mohamed, es redonda como un botijo y habla tan mal inglés que Eve le dice que sí a todo. Wendy es la chica más risueña que conoce; sin embargo, le preocupa. Hace unas semanas llevaba las mangas del uniforme arremangadas y descubrió que tiene todo el brazo tatuado, como si acaso perteneciera a una tribu primitiva. Opina que solo a una persona trastornada se le podría ocurrir el disparate de colorearse las extremidades del cuerpo.

Cuando, al cabo de unas horas, ya percibe las primeras caricias de la inconsciencia, dedica un rápido pensamiento a los muslitos de pollo. Ha vuelto a comprar una docena y solo de pensar en ellos se le hace la boca agua. Siguen siendo tan baratos…

Por fin, a eso de las cuatro de la madrugada, su respiración adquiere la cadencia del sueño.

Los empleados de Gristedes, junto a los porteros del edificio donde vive y, en ocasiones, hasta la rancia de la doctora de cabecera, son la gente que se lleva consigo a la cama. Porque el momento de apagar la luz es el más temido de todo el día. Durante las interminables horas de silencio que anteceden al sueño, si no piensa en la gente amable que tiene alrededor, si no rememora cada una de las sonrisas y palabras cordiales que ha recibido a lo largo del día, y si no le viene a la memoria al menos una ganga con la que se haya hecho en el supermercado, la oscuridad de la habitación le penetra el cerebro. Y entonces ya no deja de pensar en su hermano, marchitándose a solas en Seattle.

Vuelve de su paseo diario y se detiene en el segundo escalón del portal, incrédula ante lo que ven sus ojos. El portero es…

—¡Tony!

Desde que se ha inscrito en una escuela de educación secundaria, sus horarios no paran de cambiar y últimamente trabaja sobre todo por las noches. Eve estaba acostumbrada a verlo en el recibidor del edificio casi a diario. Mantenían charlas interminables al atardecer, pero desde hace un tiempo se siente afortunada si coincide con él una vez a la semana. Se dan un fuerte abrazo y ella se muestra efusiva al decirle cuánto lo ha echado de menos. Tony tiene treinta y tres años y está muy lejos de su familia. Además es muy delgado, el uniforme le sienta como un pijama, y eso a Eve le despierta instintos maternales. Si el melón está en temporada, no se olvida de bajarle una rodaja envuelta en servilletas. Si las fresas tienen buena pinta, le reserva dos. Por Nochevieja le entrega un sobre cerrado con un billete de cinco dólares. Cosas así no las haría por cualquiera. De entre los cuatro porteros que se turnan en el edificio, solo él recibe semejante trato de excelencia.

—*What's cooking, good looking?* —le pregunta ella.

Igual que los viandantes de la calle, Tony reacciona al color de su calzado.

—Pero Miss Friedman… ¿Se ha dado cuenta de que lleva los zapatos de buceo puestos?

—Claro que me he dado cuenta, Tony. ¿Te gustan?

—Son una preciosidad —le concede su interlocutor sin apenas vacilar.

Después de que él le haya hablado de los progresos en clase y las buenas calificaciones que ha obtenido en los últimos exámenes, le informa de que hoy trabajará hasta la madrugada. Eve chasquea la lengua, compasiva. Promete llamarle antes de acostarse para que el turno se le haga más ameno.

—Tengo tantas cosas que contarte… —le dice, pensando exclusivamente en la bombilla del techo de la cocina. Se ha fundido y necesita que alguien suba a cambiarla.

Cuando Eve ya está cerca de los ascensores, el portero repara en el nombre que ha escrito hace veinte minutos en la primera página de su bloc de notas. Se da una palmada en el muslo y, antes de que sea demasiado tarde, atraviesa el vestíbulo a zancadas.

—¡Miss Friedman! Disculpe. Casi me olvido. Un joven preguntó por usted. —Ella frunce el ceño—. Un tal Jorge. No se pudo quedar a esperarla, pero me dijo que la llamará por teléfono.

Eve asiente con la cabeza, fingiendo que este mensaje tiene algún sentido para ella.

—Más le vale al bueno de Jorge no hacerlo antes del mediodía. Como ya sabes, no me sale la voz hasta las doce en punto.

Una vez a solas en el ascensor, trata de hacer memoria. ¿Quién diablos es Jorge? Recorre el pasillo de la cuarta planta rumiando el nombre una vez tras otra. Tan pronto como se detiene frente a su puerta, el teléfono de casa empieza a sonar. Al segundo timbrazo, cuando Eve gira la llave en la cerradura, el misterio se resuelve por arte de magia. Tiene una visión clara del chico despeinado con el que unas tres semanas atrás conversó durante horas en el patio.

—¡Jorge!

No se preocupa por cerrar la puerta antes de descolgar el teléfono.

—Jorge, ¿eres tú?

—¡Me quieren matar! ¡Quieren envenenarme! ¡Esta sopa sabe a rayos! ¡Sácame de aquí!

Los arranques de angustia de Jessie siempre la pillan desprevenida. Se lleva una mano a la cabeza y el cuerpo le empieza a temblar, como el de una ardilla atrapada en una red. Le cuesta calmar con palabras a su hermano diez años mayor que ella, el más guapo e inteligente de la familia, el que siempre le aconsejó qué hacer, qué comer y qué leer. Jessie es el único ser amado que le queda con vida en el planeta.

—*What's cooking, good looking?*

—¡Ayúdame a acabar con esta tortura!

Eve se agacha como si hubiese oído una explosión en la habitación de al lado. En su siguiente intervención habla con polvo y escombros en la voz.

—Sabes que estar contigo es lo que más deseo en este mundo, mi queridísimo Jessie, pero no puedo. Vivo en Nueva York.

—No me quieres —lamenta él entre sollozos—. No tengo a nadie.

Nerviosa, se incorpora y camina sin mirar por dónde va. Se da un golpe en la espinilla con una maceta que utiliza como paragüero. En lugar de emitir un gemido, exclama:

—¿¡Cómo puedes decir algo así, Jessie!? ¡Te quiero más que a mi vida!

Le tiembla tanto el cuerpo que coge el teléfono con las dos manos para evitar que se le escurra. Lo último que quiere es que Jessie piense que ella ya no está al otro lado de la línea. El silencio de su hermano la exaspera. Su respiración la estremece porque suena como si se estuviese ahogando. ¿Y si es cierto que lo están maltratando?, se plantea por un momento. Eve vuelve a golpearse en la pierna y esta vez cae al suelo de rodillas. A pesar de que se ha hecho daño, no emite ningún sonido. Sigue sosteniendo el teléfono con ambas manos, muy fuerte.

—¿Entonces por qué no vienes? —La voz de Jessie se aleja como una cometa en el cielo—. No tengo a nadie más que a ti, Eve Friedman.

Se le empapan las pestañas de lágrimas con un parpadeo. Al otro lado de la línea se oye un click.

—¿¡Cómo voy a ser capaz de coger un avión yo sola!?

No le grita a su hermano. Sabe que él acaba de colgar. Se está interrogando a sí misma.

—¿¡Cómo!?

Todavía en el suelo, se da cuenta de que la puerta de casa está abierta de par en par. Esto la obliga a soltar el teléfono, levantarse lo antes posible y, de camino al vestíbulo, secarse la cara con el faldón de la camiseta.

Si bien llora con frecuencia, nadie la ha visto hacerlo.

Está sentada en la banqueta que hay frente al mostrador donde, en este momento, se encuentra un portero que no es Tony. No le apetece relacionarse con él. Es un hombre demasiado serio y peludo —esa barba tupida… ¡Qué horrible!— y que, además, hoy ni siquiera le ha regalado un cumplido por su atuendo. Y eso que va impecable, sin rotos ni lamparones, toda de blanco, a excepción de la diadema y los zapatos. Le hubiera gustado tener una diadema a juego con sus prendas de vestir, pero el blanco es el único color que no se encuentra entre la quincena de turbantes que colecciona en el tocador. Se ha decidido por el amarillo porque así, al menos, entona con los zapatos. La falda de satén no le cubre las rodillas y brilla un poco. Cuando Eve dice que jamás se presentaría a una cita sin maquillaje, tan solo alude al pintalabios rosa pastel. No le gustan los polvos y pintarse los ojos se le antoja una tortura semejante a sazonarlos con sal.

Ahora mismo no recuerda cuándo fue la última vez que asistió al cine acompañada.

Jorge la telefoneó hace un par de días. Lo primero que hizo fue disculparse por haber tardado tanto en llamarla, aunque no explicó el motivo. Su voz sonaba diferente a cuando charlaron cara a cara. Hablaba rápido, entrecortadamente, muy nervioso, como si a pesar de la evidente conexión que surgió entre ellos en el patio de casa, todavía fueran completos desconocidos. Ella propuso el plan. Le dijo que lleva años yendo al Cinema Village y que los empleados se niegan siempre a hacerle pagar la entrada. Con suerte podrían conseguir otra gratis para él. Su interlocutor aceptó enseguida. Se mostró flexible en cuanto a horarios, como si cualquier actividad al margen de Eve Friedman pudiese esperar. Dijo que estaba deseando verla, que no había dejado de pensar en ella desde que se conocieron.

Horas después de colgar, Eve seguía cuestionándose el motivo de esos nervios que salpicaban la voz del joven.

Ahora, la que se inquieta es ella al verlo cruzar la entrada. Ha mejorado. Se le ve mayor, más elegante, mejor peinado. Lleva la camisa metida por dentro de los pantalones y las viejas zapatillas de deporte han sido reemplazadas por unos lustrosos zapatos, como si planeara invitarla a un baile. Eve se incorpora antes de que la sonrisa de Jorge la alcance. Cuando él se inclina para besarla en la mejilla, ella percibe una refrescante fragancia de colonia.

—¿Te has blanqueado los dientes?

—No… Me he cortado el pelo.

—Un acierto, sin duda. —Salen a la calle cogidos de la mano—. ¿Cómo estás, cariño?

Jorge se explaya durante el recorrido al cine y le desgrana su currículum de arriba abajo, como si fuera la respuesta lógica a la pregunta que Eve ha formulado simplemente a modo de saludo. Pone demasiado empeño en demostrar sus capacidades, en impresionarla. Además, le da la sensación de que evita mirarla a los ojos. No le cabe duda de que algo le ha pasado a este muchacho que, el día que se conocieron, casi un mes atrás, le dio la impresión de ser tranquilo, estar seguro de sí mismo y, sobre todo, ser natural. Tantea la posibilidad de que se haya enamorado de ella. Solo un sentimiento tan implacable es capaz de turbar el carácter de una persona en un periodo de tiempo breve. ¿Todavía puede provocar este efecto en los hombres? Es una opción que había dejado de contemplar.

Los empleados del Cinema Village no solo les ofrecen las dos entradas gratis, sino que se muestran entusiasmados por verla acompañada. El chico de las palomitas bromea al respecto: «¿No me estará engañando con otro…, verdad, Miss Friedman?».

Toman asiento en un banco cerca de la entrada a la sala. Todavía faltan veinte minutos para que empiece la película.

—¿Qué te ocurre hoy? —indaga—. Me da la sensación de que estás algo tenso…

Jorge se seca con la mano el sudor de la frente mientras golpetea el suelo con la punta del zapato.

—El día que nos conocimos busqué tu nombre en Google —confiesa al fin.

Eve odia esta palabra porque le han explicado el significado muchas veces, pero no lo retiene.

—¿Y lo encontraste? —pregunta, disimulando su confusión.

—¿Bromeas? Encontré un montón de artículos, entrevistas y reseñas sobre tus obras de teatro. Y no solo eso…

—Algún día tendrás que llevarme a Google, esté donde esté esa maldita cosa —le interrumpe, algo molesta—. Me gustaría colgar esos recortes en las paredes de mi casa. Tengo derecho, ¿no crees?

Jorge, visiblemente desconcertado, vacila antes de continuar:

—He descubierto que coescribiste una obra de teatro con Isaac Bashevis Singer.

La dramaturga entrecierra los ojos en cuanto escucha ese nombre, grabado a fuego en su memoria. Recuerda el rostro del escritor polaco como si lo tuviera enfrente ahora mismo; no el de la época en la que colaboraron juntos, sino el de sus últimos días. Poco antes de que falleciera en 1991, viajó a Florida para despedirse de él en el lecho de muerte. El enfermo de ochenta y siete años no la reconoció.

—De eso hace mucho tiempo —murmura.

—He leído todos sus libros.

—Yo también —dice ella, aunque no pondría la mano en el fuego.

—De hecho, crecí escuchando sus cuentos para niños.

—¿Por qué? ¿Tu madre es judía?

—No, pero le encanta la literatura. Por alguna razón, eligió esa colección de relatos en lugar de los cuentos populares que les leían a mis compañeros de clase. El caso es que, después de mucho tiempo, cuando yo ya era adolescente, volví a encontrar el nombre del autor en las estanterías de casa. Elegí al azar uno de los tomos, convencido de que me reencontraría con aquellos relatos sobre niños angelicales y animales que hablan. Sin embargo, no podía estar más equivocado. De pequeño, Singer me introdujo en un mundo de sueños y fantasía. Pero años más tarde me lo arrebató y sentí como si me sumergiera en las profundidades más oscuras de la realidad.

El rostro de Jorge se congela en una mueca mezcla de ansiedad y de preguntas. Se mantiene a la espera de que su acompañante le sacie la curiosidad. No obstante, Eve no tiene intención de iniciar una conversación sobre Isaac como si hablaran de un genio. Hace tiempo que eso la agotó. Medio año atrás la telefonearon desde Israel para proponerle participar en un documental llamado *Las musas de Bashevis Singer*. Ella dijo que estaría encantada de hablar sobre la veintena de textos para teatro que había completado a lo largo de su vida, pero que ya había dicho todo lo que tenía que decir acerca de la obra que escribieron juntos hacía una eternidad y media.

—¿Cómo era?

—Isaac hablaba inglés tan mal como tú.

El muchacho sonríe. Acaban de compararle con un premio Nobel de literatura.

—¿Te costaba entenderlo?

—La primera vez que lo oí no entendí ni una sola palabra de lo que dijo. Leyó uno de sus cuentos por la radio. No recuerdo cuál, pero te puedo asegurar que no era nada ligero. Supervivientes y refugiados del holocausto, judíos que ya no creen en nada, personajes angustiados y dolientes, diablos, demonios, gnomos y brujas… En fin, imagino que estás familiarizado con los temas que lo obsesionaban. Aun así, no podía parar de reír desde la mesa de la cocina. Yo era aún muy joven y, mientras pelaba patatas, me desternillaba de cómo hablaba Isaac Bashevis Singer. No pude parar hasta que acabó la lectura. Su acento era lo más ridículo que había oído en mi vida.

—¿Cuánto tardasteis en escribir la obra?

—¿*Teibele and Her Demon*? Mucho. Por esa época, yo trabajaba como profesora y él no dejaba de escribir libros. Solo nos veíamos una vez por semana. Los domingos.

—¿Os llevabais bien?

Eve entorna los ojos y dirige la mirada hacia la máquina de palomitas ubicada a unos metros de distancia. Las bolas de maíz inflado saltan fuera del caldero como escupitajos. Jorge está empezando a incomodarla con tantas preguntas. No hay nada que la humille más que sentirse supeditada a un hombre reconocido internacionalmente, pero que a ella, a nivel personal, la impresionó más bien poco.

—Es nuestra primera cita. Si te lo explico todo sobre Singer ya no querrás volver a verme.

El rostro de él recupera la naturalidad del primer encuentro.

—No es verdad —le dice con una voz diferente—. Me interesas más tú que Singer.

Jorge sonríe lleno de confianza, como si su declaración fuera, además, toda una promesa. Ella le devuelve la sonrisa a pesar de que no cree del todo en las palabras de este joven, ni en las de nadie que sea tan joven como él, ni en las de casi ningún adulto, ni mucho menos en las de los ancianos de su quinta. Hoy en día cree en muy poca gente, pero agradece las mentiras porque le sirven de material sobre el que reflexionar por las noches hasta conciliar el sueño, si hay suerte.

Wendy lleva las mangas extendidas hasta las muñecas, con lo que oculta la evidencia de su inestabilidad emocional. Antes de adentrarse por los pasillos, Eve se acerca a la caja registradora para decirle que hoy está muy guapa. También le pregunta por su salud, por sus planes de futuro y por el nombre y paradero de sus padres. Quiere que esta muchacha se sienta alguien de una vez por todas. Lo más probable es que no haya recibido suficiente amor durante la infancia, y de ahora en adelante está dispuesta a procurárselo antes de que siga haciendo lo que le hace a su pobre brazo.

Le gusta ir al supermercado casi a diario. Hoy a por leche, mañana a por plátanos y, si eso, también pasado mañana… ¡A por pollo! Precisamente, hoy ha venido a por muslitos. Todavía le quedan un par de ellos, pero se ha acostumbrado a tener en la nevera una abundante reserva.

Emily, agachada al fondo del pasillo, está colocando alimentos en los estantes más bajos. Se le asoma parte del culo por encima de los pantalones del uniforme. Eve pretende ir a avisarla, pero antes mete en la cesta dos bandejas con media docena de muslitos en cada una. Cuando está a punto de dirigirse hacia la prima de Mohamed tiene la ¿corazonada? de volver la vista atrás. ¿Ha intuido la desgracia o ha percibido algo extraño por el rabillo del ojo? La cuestión es que, de pronto, se le ha puesto la piel de gallina. Sus ojos merodean por la zona donde acaba de recoger las bandejas igual que si hubiese atisbado un insecto volador. Al fin se detienen mirando de frente el tique del producto.

Se va a desmayar. El pollo ya no está en oferta.

—¿Emily? —Su voz entrecortada recorre el pasillo como una corriente de aire contaminado.

La muchacha deja lo que está haciendo y se acerca.

—¿Qué ocurre, Miss Friedman? —pregunta con un acento muy marcado.

Incapaz casi de vocalizar, logra expresarle el motivo de su angustia.

—Es que la oferta se ha acabado —le informa Emily con, según el criterio de Eve, una crudeza de sicario—. Ahora lo que tenemos a mitad de precio son las chuletas de cerdo.

Le asquean los cerdos. Ve a Mohamed en los pasillos y grita su nombre.

—¡Hermana blanca! —replica él, llevándose cómicamente las manos a la cabeza.

Al verla recorrer el pasillo con desesperación, cambia de semblante.

—¿Qué pasa, Miss Friedman?

—No sé qué está intentando decirme tu prima —se queja sin resuello, con las dos bandejas apretadas contra el pecho—. ¡No entiendo ni una palabra de lo que dice!

Mohamed, ceñudo, mira hacia la otra empleada, que sigue en pie frente a los refrigeradores de la carne. Le hace un gesto para que se explique.

—La oferta de los muslitos se ha acabado —repite lentamente, esforzándose por eliminar su acento en la medida de lo posible.

Eve emite un gemido. El sonido de esa voz horrible le molesta más que los zapatos ortopédicos. Esta mujer habla tan mal el inglés… y mira que lleva aquí casi veinticinco años. Debe de ser tonta. No sabe lo que dice. Idiota. Idiota. Idiota.

—Lo siento mucho, Miss Friedman —se compadece Mohamed con, según el criterio de Eve, una crudeza de sicario—. La oferta de los muslitos se ha acabado.

No está llorando, pero se siente desgraciada a medida que hace sitio en el congelador. Abandona los últimos dos muslitos de pollo que le quedan junto al helado de chocolate que hace mucho que no prueba. Este gélido electrodoméstico es el nicho donde yacen sus placeres perecederos.

Suena el teléfono, pero las articulaciones de sus dedos están atrofiadas por el frío. Mientras espera en la cocina a que salte el contestador, cierra los ojos y suplica que su hermano no haya muerto todavía.

—Hola Eve, soy Jorge. ¿Qué tal estás? Verás…, si no te lo digo, reviento. Sé que tendrás muchísimas cosas entre manos y poco tiempo que perder. No quiero que esto te suene a una niñería. Lo he estado pensando desde que nos conocimos y creo que puede funcionar. Bueno, vamos allá… Quiero proponerte que escribamos algo juntos. Para teatro o para cine, no importa. Si juzgamos la experiencia de cada uno, la balanza está desequilibrada, pero ¿no te parece interesante la idea de que una veterana y un principiante aborden un proyecto juntos? Habernos conocido no puede ser fruto del azar. Yo no creo en el destino, que conste. Al menos, no es un tema que me preocupe. Pero es que tengo tal presentimiento que hasta me atrevo a asegurarte que tú y yo podemos hacer algo grande juntos. Está en tus manos. Buenas noches.

Con la mirada todavía fija en las cuatro paredes blancas revestidas de hielo, Eve piensa que, efectivamente, la propuesta de Jorge es una niñería. Una colaboración no es moco de pavo. ¡Vaya ocurrencia! Ella solo lo ha experimentado una vez en su vida y fue bien, el resultado se convirtió en un éxito internacional, pero es consciente de las pocas probabilidades que existen de que dos mentes creativas se entiendan en una empresa tan anárquica. Se nota que no ha cumplido ni los veinticinco años. Además, sospecha que la invitación de Jorge la impulsa más la figura de Singer que la suya.

Cierra la puerta del congelador y decide que lo llamará otro día que esté de mejor humor.

Hoy, las nubes están altas en el cielo. Tienen color amarillento y forma de telarañas. Antes de llegar al Health & Racquet Club, Eve se da cuenta de que no puede con su alma. Este calor tremendo le está quemando las fuerzas y le impide seguir empujando del carrito. Por primera vez en mucho tiempo se plantea dar media vuelta y regresar a casa sin entrar en los vestuarios ni para ducharse. Lleva tres noches sin dormir. Desde el disgusto en Gristedes, cada vez que apaga la radio y la luz no encuentra recuerdos agradables que la sosieguen. Todos se han esfumado, dejándola sola en las tinieblas del insomnio.

Imposible nadar en estas condiciones.

Llega a las puertas del centro deportivo en busca del reconfortante golpe de aire acondicionado. Se detiene en el tramo de la entrada donde la brisa artificial corre con más fuerza. Sin darse cuenta, cierra los ojos y asoma la punta de la lengua entre los labios. Los músculos se le relajan al instante. Podría quedarse dormida ahí mismo, de pie. De hecho, transcurren casi dos minutos sin que se mueva hasta que, de pronto, escucha un silbido agudo. Abre los ojos. A su derecha, una mujer que no había visto antes por el club arrastra un carrito idéntico al de Eve, pero nuevo.

El agotamiento desaparece ante la visión de esta pieza reluciente. La estructura es de aluminio y la goma de las cuatro ruedas está intacta. No le cabe duda de que la altura del asidero es la adecuada para ella. Necesita preguntarle dónde lo ha comprado, pero la desconocida se ha alejado. Eve apoya las manos sobre el mango de su carrito y el estrépito de las ruedas llega hasta los vestuarios.

Se sienta en la banqueta habitual para recuperar el aliento antes de abordar a la mujer. Tendrá alrededor de setenta años y se está desvistiendo al otro lado de la estancia, frente a las taquillas. Cuando la desconocida se recoge el pelo para acomodarse el gorro, se cruzan la mirada. Eve tiene intención de formular la pregunta; no obstante, la reacción de la otra la detiene. Tras mirarla insolentemente de arriba abajo como si estuviera compartiendo el espacio con una harapienta, vacía el contenido del carrito para guardar sus pertenencias bajo llave en una taquilla. Cuando sale del vestuario, no responde al saludo de Eve.

¿Qué mosca le ha picado?

Al poco, se da cuenta de que se ha quedado sola en los vestuarios y con dos carritos. Se pone de pie en actitud de defensa, como si esos objetos la amenazaran. ¿Notaría el cambio? Eve coloca el suyo al lado del nuevo y retrocede para examinarlos con perspectiva.

¡Santo cielo! ¡Son iguales!

Aunque el suyo parece el bisabuelo del otro, se nota que son artilugios de la misma familia. Se frota las manos y da una vuelta por todo el vestuario para comprobar que sigue estando sola. Apuesta a que esa mujer antipática ni siquiera se fijaría en que, durante el tiempo que ha estado en la piscina, la pintura de su carrito se ha desconchado por todas partes. Quizá, eso sí, no le pasará inadvertido el ruido de las ruedas que media hora antes se deslizaban como patines sobre hielo. Pero, vamos a ver, todo el mundo sabe que las cosas materiales se deterioran de un día para otro…

El corazón le late cada vez más cerca de la boca. Las manos le tiemblan. Sabe por experiencia que, cuando se pone tan nerviosa, lo mejor es dejar de pensar. Para conseguirlo ha de llevar a cabo una actividad física de cualquier tipo, ya sea cepillarse los dientes, cantar a voz en cuello o recortarse los pelos de la barbilla.

Al fin, convencida de que no tiene más opción que ponerse en movimiento, traspasa sus utensilios de natación al carrito nuevo, coloca el suyo en la posición exacta en la que estaba el otro y sale de ahí escopetada.

Pensaba que el regocijo provocado por la reciente adquisición le ayudaría a recuperar el sueño, pero todo ha salido mal —peor que mal, ¡fatal!— y sigue dando vueltas en la cama a las cinco de la madrugada.

La alegría le duró lo que dura un estornudo.

Al llegar al apartamento, horas antes, recibió una llamada del empleado del Health & Racquet Club para comunicarle que una socia aseguraba que le había robado el carrito. Eve replicó que ¿¡qué!? Ella no era ninguna ladrona, qué se habían creído. Planteó la posibilidad de que, en todo caso, se hubiese podido confundir de carrito ya que los dos eran iguales y ella es humana y es de humanos equivocarse. Tras su alegato de defensa, fue una voz femenina la que brotó del auricular.

—¡Mi carrito no se parece en nada a esta chatarra! —exclamó, histérica—. ¡Gástese cinco dólares en uno nuevo, señora!

El recepcionista intervino de nuevo para decirle que debía regresar al centro y devolvérselo a su dueña. Eve, después de titubear un poco, se quejó de que le dolían las piernas. Arguyendo ese motivo, les invitó a que pasaran por su casa a buscarlo.

—Prepararé unos *snacks* deliciosos.

Al colgar el teléfono se sintió igual de vulnerable que si estuviera desnuda sobre la tarima de una clase llena de adolescentes. Su estómago empezó a hacer ruidos descarados, como si estuviera desintegrándose a marchas forzadas. Tuvo que correr al cuarto de baño y no pudo levantarse del retrete sino pasados veinte minutos. Se limpió con prisas porque, a pesar de haber prometido *snacks*, tenía la intención de abandonar el carrito en la recepción del edificio antes de que llegara su dueña. Deseaba a toda costa evitar el enfrentamiento. Eve no suele salir triunfante de las discusiones verbales. Los nervios la traicionan, se bloquea, tartamudea y su voz suena infantil. De todas formas, a pesar de su férrea voluntad, el encuentro esta vez fue inevitable. Cuando estaba lista para salir del apartamento recibió una llamada del portero para anunciarle que la señora Pingeton la esperaba en el recibidor.

—¿La señora qué? Oh, madre…, eso es terrible. Dígale que ahora mismo bajo.

En cuanto las puertas del ascensor se abrieron en la planta baja, oyó que la mujer le explicaba al portero que se trataba de un hurto planificado, que no había parado de examinarla en el vestuario y que lo más patético había sido que dejara un carrito destrozado en sustitución del suyo nuevo, tomándola por una tonta incapaz de notar la diferencia.

—Aquí llega la ladrona —anunció la señora Pingeton con los brazos en jarras—. ¡Qué poca vergüenza!

—Me confundí —balbuceó Eve, y luego miró de reojo al que estaba erguido tras el mostrador.

Agradeció que Tony estuviera en la escuela.

—¿Sigue con lo de la confusión? —preguntó, mirando con aire incrédulo al portero cuyo silencio resultaba más que acusador—. Ja. Ja. Ja. Basta echar un vistazo a su ropa para ver que no está dispuesta a gastarse ni un céntimo.

Eve había decidido de antemano no participar. Permitió que la insultara mientras ella se limitaba a entregar lo que no era suyo, recuperar el carrito que le correspondía y disculparse antes de dar media vuelta sin levantar los ojos del suelo. De camino a los ascensores, seguía escuchando los gritos de la desconocida por encima del familiar alboroto de las ruedas desencajadas.

—¡Cómprese también unos zapatos! ¡Los que lleva son para bucear!

Ahora enciende la luz y vuelve a mirar el reloj de pared desde la cama. No es capaz de reprimir un gemido al comprobar que las agujas siguen su marcha mientras ella se mantiene completamente despierta. Utiliza el embozo de la sábana para secarse el sudor y las lágrimas que descienden por sus arrugas como críos por toboganes.

Echa de menos la vida. Tiene la sensación de llevar meses, o quizá años, aferrada a una representación sin sangre.

Tras balancearse sin saber qué más puede hacer, se pone de pie y sale del dormitorio.

Desde hace un tiempo se dedica a guardar en el contestador de voz mensajes que le recuerdan al Jessie de antes. Cada vez le queda menos espacio disponible en la memoria del aparato, pero Eve no quiere borrar ninguno. Piensa que si su hermano es el primero de ellos en desaparecer, estas grabaciones se convertirán en su único consuelo.

Se sienta en una silla de madera frente al aparato. Rebobina la cinta y le da al *play*.

Mensaje recibido a las 9 pm del 24 de diciembre de 2012. Feliz Nochebuena, Eve. Me imagino que si no estás en casa es porque al final te has decidido a aceptar la invitación de tus vecinos. Me alegro de que me hayas hecho caso. Sé que no te apetecía, pero es importante estar acompañados en estas fechas, aunque no pueda ser de tus seres más queridos... A nosotros nos han cocinado un puré de boniatos delicioso y luego nos han puesto la película *Top Hat.* En realidad, yo fui quien pidió a los encargados que escogieran esa en concreto. Me recuerda a cuando tú y yo cantábamos *Cheek to cheek* en el salón de casa. *Heaven, I'm in heaven... And my heart beats so that I can hardly speak...* Siempre que la canturreo me parece estar contigo.

Mensaje recibido a las 3 pm del 22 de julio de 2013. ¡Feliz cumpleaños! A pesar de que sé que odias celebrar este día, y de que especialmente detestas que la gente te haga regalos, me he atrevido a enviarte por correo un paquete con tres libros, el último disco de Tony Bennett y una colección de artículos de distintos periódicos y revistas que he ido recortando durante los últimos meses para que los leas. Te desvelo el misterio porque sé que solo hay una cosa que odias por encima de las celebraciones y los regalos: las sorpresas. Perdona mi osadía. Te quiero, mi pequeña. Ya lo sabes.

Mensaje recibido a las 3 pm del 12 de septiembre de 2013. ...Ha ingresado en la residencia un hombre judío que, en cuanto ha sabido que yo también lo soy, me ha empezado a hablar en yiddish. He tenido que interrumpirlo para avisarle de que no conozco bien el idioma. Parecía decepcionado. Me ha preguntado el motivo. Le he dicho que mis padres solo hablaban yiddish entre ellos cuando discutían, y que no nos enseñaron la lengua porque en casa éramos muchos y siempre estábamos juntos y necesitaban la privacidad que les brindaba nuestra ignorancia. Luego, me he quedado pensando que ojalá tú y yo tuviéramos la oportunidad de hablar en un idioma que nadie más a nuestro alrededor entendiese. Me parecía que de este modo nos sentiríamos todavía más unidos en la distancia. Pero al instante me he dado cuenta de que, aunque nuestra lengua sea la más hablada del mundo, hay muy pocas personas que nos entiendan, Eve… Casi nadie. ¿O quizá nadie?

Mensaje recibido a las 11 pm del 20 de noviembre de 2013.
Heaven, I'm in heaven… And my heart beats so that I can hardly speak… And I seem to find the happiness I seek… When we're out together dancing cheek to cheek…

Mensaje recibido a la 1:30 pm del 1 de junio de 2014.
…Habernos conocido no puede ser fruto del azar. Yo no creo en el destino, que conste. Al menos, no es un tema que me preocupe. Pero es que tengo tal presentimiento que hasta me atrevo a asegurarte que tú y yo podemos hacer algo grande juntos. Está en tus manos. Buenas noches.

Abre los ojos cuando el silencio vuelve a adueñarse del apartamento. Desconoce cuánto tiempo se ha quedado dormida en la incómoda silla del salón. Se lleva la mano a la nuca y la masajea para aliviar el dolor de las cervicales. Tuerce el cuello muy poco a poco hacia un lado. La luz naciente que atraviesa las ventanas la obliga a entrecerrar los párpados. Cuando sus pupilas se acostumbran a los intensos rayos del amanecer, otean a lo largo y ancho del cielo rojizo.

Está aburrida de no ver pájaros en el paisaje; de que no se abra el telón; de que los focos del escenario sigan apagados. Tiene ganas de acción; de dar un paso hacia el abismo; de caer de arriba abajo o de volar de abajo arriba.

En definitiva, Eve Friedman siente fuertes deseos de comenzar una historia.

De nuevo, mientras yace entre las sábanas en una habitación rebosante de luz naranja, la voz de Jorge sigue silbando en sus oídos. Mecida por este sonido, esta vez no le cuesta dormirse.

Sueña con algo que todavía no ha sido escrito.

Su sobrina Deborah está al otro lado de la línea. Es la hija adoptiva de su hermana mayor Julia, que falleció hace doce años de un repentino ataque al corazón. Tiene un talento especial para llamarla en los momentos más inoportunos. Lleva unos veinte minutos hablando sobre el juicio que ha celebrado esta mañana, algo poco apasionante sobre unos vecinos enfrentados entre sí por causa de unas humedades en el techo: Eve ya ha perdido el hilo. Deborah la llama con poca frecuencia y lo hace más que nada por compromiso. Después de saludarla como si hubieran estado juntas media hora antes, siempre se enfrasca en monólogos interminables sobre sus proezas como jueza o sobre los méritos de su hijo como estudiante de Derecho, y acto seguido se despide sin ni siquiera preguntarle qué tal se encuentra.

—¿Cuándo veré a Jimmy?

No le interesa ver al hijo mimado de Deborah, pero necesita inducirla a que corte el rollo y cuelgue de una vez por todas.

—Me temo que la pobre criatura no tiene ni un minuto libre.

La última vez que la visitó debió de ser hace cinco años, por lo menos. No sería capaz de describirlo. Lo único que recuerda es que era tan tímido que se le sonrojaban hasta las cejas con tan solo mirarlo.

—Por cierto, estoy a pocas manzanas de tu casa. Me paso a verte.

—¡No!

Las visitas de Deborah son incluso más incómodas que sus llamadas. De cuerpo presente, aparte de hablar incesantemente sobre ella misma, se dedica a escrutar el aspecto descuidado del piso y de la ropa de su tía.

Además, hoy tiene planes.

—Verás, Debbie… Estoy esperando a un amigo que ya debe de estar al caer.

—Muy bien. Entonces me pasaré otro día. *Love 'ya.*

A Eve le revientan los *love 'ya*, que no significan nada.

Va al baño a salpicarse las axilas con jabón y agua tibia. Durante los siguientes cuarenta y cinco minutos se dedica a poner orden en el salón; en vano, porque, una vez acabada la tarea, ni el visitante más observador percibiría el cambio. Este es el único defecto que tiene su casa: por mucho que desplace un montón de revistas a un rincón que sin duda es más acertado, y se deshaga de unas cuantas perchas retorcidas, e incluso pase el trapo por la superficie del piano de madera, luego no se aprecia la diferencia. Es desalentador.

El portero anuncia por el telefonillo la llegada de Jorge. Eve abre la puerta principal y, antes de que el invitado aparezca en la cuarta planta, corre a su habitación porque acaba de darse cuenta de que casi se olvida del pintalabios.

Desde la entrada, el muchacho mira el apartamento igual que si estuviera embebido en la lectura del periódico. Observa con especial interés el ejército de libros que invade el salón: apilados en el suelo hasta crear cuerpos fornidos de metro y medio de altura, alineados en posición de firmes sobre las baldas combadas de las estanterías, tumbados relajadamente en la madera de roble de una cajonera, asomados por encima de búnkeres de cartón y mimbre, libros que festejan una victoria apiñados sobre el piano, sobre el asiento del piano, alrededor del piano. Jorge está paralizado ante la apasionante amenaza del cuadro que tiene frente a sí.

No es una casa diseñada para recibir invitados, sin embargo él está allí.

—¿Hola? —pregunta con un endeble hilo de voz.

La anfitriona sale de su habitación con tanto color alrededor de la boca que parece haber engullido un pedazo de pastel sin haber usado los cubiertos. Debido a las prisas, no ha sido capaz de manejar el lápiz de labios con puntería. Propone a Jorge sentarse en el amplio sofá, a pesar de que las butacas se conservan en mejor estado. Al dejarse caer los dos a la vez, una discreta nube de polvo gris surge de los cojines.

—Tengo que pasar el aspirador, pero no sé dónde diablos lo he metido.

Él hace una mueca que no tiene nada que ver con el comentario que acaba de oír. Sigue mirando en derredor. «Estar en este piso es lo más apasionante que me ha pasado en toda la vida», podría estar pensando.

—Entonces… ¿Qué planes tienes para nosotros, Jorge?

Saca un cuaderno de la mochila y pasa las hojas con manos torpes. Todavía no ha dicho ni una palabra a excepción de ese finísimo «¿hola?» con el que se ha anunciado. Se seca el sudor de las cejas a medida que repasa la información de la página en la que se ha detenido.

—He hecho una lista de temas sobre los que yo podría aportar un punto de vista más moderno que el tuyo. No, perdón —se interrumpe, alterado—, no quería decir eso. Temas que tú no… Espera, déjame empezar otra vez. —Inspira profundamente antes de hacerlo—. Hace un tiempo se me ocurrió una idea que nos puede servir como punto de partida.

—Cuéntame.

—Trata sobre dos parejas que se conocen en la guardería de sus hijos…

—Adoro a los niños. ¿Te he dicho ya que fui profesora durante muchos años? Y dime, ¿qué edad tienen esos renacuajos?

—Pocos. La cuestión es que la mujer de uno de los matrimonios y el hombre del otro planean tener una aventura.

—¿Qué es lo que va mal en sus relaciones?

—No sé… Lo que está claro es que se atraen y han decidido fugarse a una casa en las montañas todo un fin de semana.

—¿Pero qué es esto? —lo interrumpe de nuevo—. ¿Estamos hablando de adultos o de adolescentes?

—Tienen un accidente de tráfico antes de llegar y los dos acaban en el hospital.

—Ahí se reúnen las parejas de los infieles y terminan por descubrir el enredo —se anticipa Eve—, ¿me equivoco?

Al tragar saliva, la nuez de Jorge sube y baja como un ascensor averiado.

—Bueno, sí. Pero pasan otras cosas… Muchas otras.

—Eso me consuela. ¿Cuáles?

Jorge recorre con los ojos la hoja que tiene frente a sí hasta que se quedan inmóviles en dirección a la punta de su nariz.

—¿Puedo ir al baño? —pregunta, entre mareado y desquiciado.

—Desde luego. Está ahí mismo.

No quiere ser cotilla pero, en cuanto se queda sola, no puede evitar echar un vistazo al cuaderno abierto por una página llena de esquemas, garabatos y anotaciones en español subrayadas a dos colores. Le llama la atención una mujer arrinconada en el margen del papel. Es un dibujo sombrío, al tiempo que cautivador. Está de espaldas, va vestida de largo y del cuello le nacen dos cabezas diferentes trazadas de perfil. Una de ellas es hermosa. La otra, con una nariz igual de puntiaguda que un cuchillo, es todo lo contrario. Ambas mitades están unidas entre sí por una trenza que desciende por toda la columna vertebral y llega hasta los pies.

De pronto, Eve siente mucha curiosidad por Jorge. Desde que se encontró con él en Broadway Avenue detectó algo en su actitud que lo diferencia de los otros chicos de su edad. Se comporta con una ambición similar a la de los estudiantes de la NYU, pero le parece que él persigue un objetivo diferente. Ha elegido una senda concreta que probablemente ni sepa a dónde lo lleva. Se le nota demasiado presente en el presente sin necesidad de participar en él. Mira y escucha como si estuviera tramando un plan secreto. A pesar de lo poco que lo conoce, se le antoja un personaje inusual… y esto le gusta. Siempre la han atraído las personas de las que cabe esperar que tarde o temprano te sorprendan, y no duda de que Jorge lo hará. Además, le resulta encantador el esfuerzo que está poniendo por trabajar juntos en un guion, a pesar de que sea inútil. Las historias no se crean así.

—¿Hola? —pregunta Eve con la oreja pegada a la puerta que les separa.

El muchacho tira de la cadena.

—Nos estamos precipitando —le dice apenas vuelven a verse las caras.

—¿Qué quieres decir? —pregunta Jorge, temiendo haber cometido un error.

—¿Por qué no comenzamos desde el principio?

A las palabras de Eve, que él toma como un cambio de planes, o incluso como un fin, no puede evitar contestar con una mueca impregnada de miedo. Ella, por el contrario, sonríe con glotonería.

—¿Sabes cocinar?

Desde que formuló esta pregunta, el paladar de Eve ha aprendido a diferenciar entre la carne preparada en un microondas y la cocinada con sartén, entre la comida enlatada y la fresca, entre los postres ausentes y los presentes. La incorporación del muchacho español a su rutina supone un cambio visceral en su digestión. A partir de la cuarta visita ya apenas se tira pedos involuntarios ni sufre de diarrea crónica, y esto es gracias al don de Jorge. Sabe lo que hace y lo hace francamente bien: escalope a la milanesa, espaguetis a la boloñesa, macedonia de frutas… Cualquier manjar que a ella se le antoje.

A los dos les gusta hablar y escuchar por partes iguales. Hay citas en las que prácticamente solo se pronuncia uno de ellos mientras que el otro se limita a asentir con interés. Pocas veces se interrumpen y jamás se extiende el silencio por más tiempo que el necesario para recuperar el aliento o beber un vaso de agua. Bueno, con una excepción:

—Soy gay.

En este caso Eve se mantiene callada alrededor de tres minutos.

—Si te soy sincera, sospecho que George Clooney también lo es.

Ven películas en el salón de casa y, después, salen al patio del edificio para analizarlas bajo el tibio sol del atardecer. Jorge suele ser más benévolo que Eve. A ella, el noventa y nueve por ciento de las cintas le parecen prescindibles, o absurdas y simples, o infantiles, mal conectadas, pretenciosas, lentas y profundamente aburridas.

—El ritmo es crucial. No lo olvides nunca. Cada minuto debe ser un paso adelante en la narración. Nunca puede dejar de avanzar. Adelante, adelante, adelante…

Dan paseos alrededor de la manzana, conscientes de que el verano está a punto de acabar. En cada una de las salidas, Eve propone analizar algún transeúnte que tengan alrededor: la vestimenta, los gestos, la manera de andar… y, a partir del conjunto, otorgarle una personalidad o inventar su vida.

—A esa mujer de allí, la de los tacones rojos que camina tan rápido, le encanta fingir que llega tarde a una cita. Aunque salga para tirar la basura, se pone de punta en blanco y no deja de dar esos saltitos atropellados. Mira cómo resopla, la pobre infeliz… Y no creas que en su casa se relaja. Ordena y limpia como si un invitado fuera a presentarse por sorpresa en cualquier momento. Se cepilla los dientes con tanta prisa que ha perdido la cuenta de las caries. No deja de consultar su reloj de pulsera cuando mira la televisión. Por las noches siempre sueña con las agujas del reloj y se despierta bañada en sudor.

—¿Está casada? —pregunta Jorge.

Eve niega con la cabeza, mordiéndose el labio en un gesto afectado.

—Es una persona muy difícil de querer.

—¿Profesión?

—Le gustaría dedicarse a muchas cosas, pero me temo que esta ansiedad incorregible la incapacita para comprometerse a jornada completa. Ahora te toca a ti. ¿A quién eliges?

Un día él sugiere leer en voz alta una de sus obras de teatro. La autora accede, halagada. Recupera los viejos manuscritos de una cajonera y le invita a elegir el título que más le intrigue.

—*Teibele and Her Demon* —se decanta por esta obra en cuanto reconoce, al lado del nombre de Eve, el de su escritor preferido.

—Cualquiera menos esa —replica ella, negándose a involucrar a Singer en este proyecto.

Jorge lee las acotaciones y ella encarna a sus personajes. Realiza una representación magistral sin moverse de la butaca. Existen pocas actrices con el don de Eve: tiene la capacidad de cambiar visceralmente el tono de voz de una frase a la siguiente. Durante la lectura, el joven la observa con una mueca de asombro. Parece no haber visto nunca antes semejante espectáculo. Se prodiga en elogios, aunque no está claro si lo que lo ha cautivado es el texto en sí o la infinidad de registros de la voz de Eve.

Cita tras cita, el trato entre ellos se hace más cercano; sin embargo, al cabo de un mes viéndose tres veces por semana, todavía no han decidido ni siquiera la temática del guion. Eve advierte que Jorge se frustra cada vez que propone opciones y ella desvía la conversación hacia cualquier irrelevancia. Por ejemplo:

—Ayer vi la película *Far From Heaven*. ¿La has visto? Es preciosa. Podríamos escribir algo con un tono similar.

—¿Es aquella con Julianne Moore? —pregunta ella.

—Sí.

—Esa mujer es pelirroja en todas partes del cuerpo. Todas. ¿Entiendes a lo que me refiero? Y no le importa enseñarlo del todo. Échale un vistazo a *Short Cuts*. Si nunca has visto lo que nosotras tenemos entre las piernas, en esa película lo verás a todo color.

No está intentando escabullirse de la tarea que los reúne con tanta frecuencia. No se olvida de que Jorge trabaja cuatro días a la semana en un restaurante de comida mexicana y que está invirtiendo casi todo su tiempo libre en este proyecto. Está dispuesta a poner de su parte para sacar una buena historia, pero, en el fondo de su ser, duda de que vayan a conseguirlo. No es una cuestión de creer si el muchacho tiene talento o no: todavía no ha compartido con ella ningún trabajo anterior. Lo que ocurre es que para Eve escribir una obra de teatro es como desmembrar el propio cuerpo y probar diferentes combinaciones hasta dar con la forma de una criatura nueva.

—Anoche estuve releyendo uno de mis libros preferidos de Singer —dice Jorge mientras pasa las hojas de la libreta en busca de alguna nota en particular—. ¿Recuerdas *Amor y exilio*? Es su novela más autobiográfica. Trata sobre sus inicios como escritor. Encontré un pasaje que nos puede ayudar. Aquí está. Escucha:

«En mi cuaderno de notas tenía apuntadas las tres características que una obra de ficción ha de poseer para triunfar:

1. El argumento debe ser preciso y estar cargado de suspense.

2. El autor debe sentir un deseo apasionado de escribirla.

3. Ha de tener la convicción, o al menos la ilusión, de que es el único capaz de abordar ese tema».

El muchacho alza el rostro hacia Eve. Los ojos le brillan como si hubiese dado con la solución a todos sus problemas. Ella ladea la cabeza, pensativa. Ha notado que, al leer el texto de Singer, la voz de Jorge se transformaba por completo, y esto no le ha gustado. Grave como la de un sacerdote sobre el púlpito, rezumaba una admiración exagerada.

—No puedes limitarte a leer y releer a un solo escritor, Jorge. Deberías tener muchos otros referentes aparte de tu idolatrado Singer. ¿Conoces a los clásicos? Después de ellos no se dijo nada nuevo. ¿Por qué pones esta cara? ¿Prefieres algo más moderno? Échale una hojeada a *El amante de Lady Chatterley* de D. H. Lawrence. Él supo abrir el camino del erotismo mejor que Bashevis. Tengo el libro por aquí… ¿Por qué no me ayudas a buscarlo? Por cierto, ¿qué haces el martes que viene?

—Los martes trabajo.

—Tengo revisión médica. La consulta está en la calle 58 y no sé cómo ir hasta allí… Me tienen prohibido coger el metro sola.

Jorge mira las cortinas polvorientas con expresión dubitativa, como si le costara decidirse a seguir cediendo su tiempo sin obtener resultado alguno a cambio.

—Hablaré con mi jefe. Con un poco de suerte podré solucionarlo.

La media hora que Eve se regala para seguir en la cama una vez despierta es la mejor parte del día. Con toda la habitación iluminada, aprovecha este primer contacto con el mundo para evocar los monumentos más emblemáticos de las ciudades que ha visitado a lo largo de su vida.

Viajar se convirtió en una de sus aficiones preferidas desde aquel verano en que se subió sola a un barco rumbo a

Europa, con diecisiete años. Mucho tiempo después, cuando los principales teatros de las capitales del mundo empezaron a comprar los derechos de *Teibele and Her Demon*, Eve se dedicó a perseguir la obra hasta allá donde se representara, como si el texto escrito junto a Bashevis Singer fuera un amante piloto que le mostraba las delicias del globo terráqueo desde la cabina de una avioneta. Considera sus andanzas en el extranjero como una gran fortuna que guarda en una caja fuerte bajo su cuero cabelludo. Le basta rememorarlas para sentir que su solitaria existencia ha merecido la pena.

No obstante, esta mañana no entrevé ninguna postal reconocible. Es extraño. Sus pensamientos se amontonan sin orden creando un muro que le bloquea la visión. Intuye que, en cualquier momento, una idea original perforará el muro y despejará toda nebulosidad. Quizá se trate de un arrebato de inspiración. Hace mucho que no experimenta esa sensación un tanto misteriosa. Recuerda el momento exacto en el que las ideas la abandonaron. Ocurrió cuando su hermano la telefoneó para decirle algo que iba a seguir repitiendo al menos un día por semana durante los siguientes años: que estaba considerando la idea del suicidio.

Cuando el reloj marca las once y media de la mañana, se incorpora y sale de la habitación descalza. No hay día que no se despierte con el antojo de un huevo duro. Una vez en la cocina, lleva a cabo una serie de acciones mecánicas: pone una pequeña olla con agua a hervir y mete el huevo. Mientras se cuece, se sirve zumo de naranja en un vaso de chupito y lo bebe lo más lentamente que puede. Le fascina el sabor, pero debido a su alto contenido de azúcar, esta medida es lo máximo que su doctora le permite al día. Deja la miniatura de vaso en el friegaplatos sin parar de relamerse los labios. Espera unos minutos antes de sacar el huevo con una cuchara sopera, de colocarlo en un plato y sentarse a la mesa. Utiliza el dorso de la cuchara para propinarle un golpe seco al único alimento del desayuno. Esta mañana, la cáscara se fractura en un mapa de grietas que parece la cara de Eve.

Sigue con expresión ceñuda, reconcentrada en sí misma, más arrugada que nunca. Todavía no ha encontrado la forma de descifrar sus pensamientos —si es que se puede denominar así al humo opaco que ahora llena por completo el interior de su cabeza—. Esta sensación ha pasado de ser una sugerente provocación a resultarle opresiva y tan asfixiante que abandona el huevo antes de llegar a la yema, y eso que es la parte que más disfruta. Respira con la dificultad de una asmática. Ya no espera ninguna idea ingeniosa como resultado de esta encrucijada en la que se encuentra, de esta soga al cuello, de esta auténtica pesadilla. Lo único que quiere es que el cerebro le vuelva a funcionar.

Se lleva las manos a la cabeza e intenta recordar desesperadamente cómo era la Torre Eiffel.

Nada más entrar en el vagón del metro, Eve sugiere que elijan entre los asientos que están dispuestos al contrario del sentido de la marcha. Le explica a Jorge que en el hipotético caso de que el tren chocara con otro, la gente que ocupa los asientos que miran al frente moriría en el acto. El argumento convence al muchacho.

Una vez sentada, Eve detecta una sombra que se expande por la barbilla de su acompañante.

—Ay, no… ¿Te estás dejando crecer la barba? —pregunta sin poder disimular su temor.

—No —responde, acariciándose los mofletes—, pero si me afeito a diario me salen granos.

—¿Quieres decir que planeas dejártela crecer?

—Lo dudo. No me favorece.

—No sabes cuánto me alegro, cariño —celebra aliviada.

Desde pequeña le repelen los barbudos. Le recuerdan años duros, en los que escaseaba el trabajo; y a su padre encerrado en el dormitorio con la cabeza entre las manos y una barba que entonces se le antojaba que le llegaba hasta los pies. No comía, no bebía, no hablaba, no se duchaba. Eve lo espiaba por la rendija de la puerta como si se tratara de un extraño, hasta que por fin acababa por llegar el día en que se levantaba de la cama, alentado por un nuevo trabajo, y volvía a ser él. Recuerda el sonido afilado y limpio de la cuchilla de afeitar, el olor fresco a jabón, el tónico con el que después se daba toquecitos en la cara. No quiere imaginar cómo reaccionaría si un buen día Jorge apareciera en su apartamento con la mitad de su preciosa cara cubierta por una mata de pelo hirsuto. Probablemente no le permitiría entrar.

—He conocido a alguien —confiesa con cierto recato.

Le explica que sucedió hace unos diez días en la cola del Metropolitan Museum para la exhibición de Alexander McQueen. Se llama Lester, es un estilista que ha vestido incluso a Madonna y que reconoce no haber leído un libro en toda la vida. En su descripción, Jorge incluye los adjetivos bajo, enclenque y feíííííísimo, y añade que tiene los dientes torcidos y los labios metidos para adentro como si estuviese silbando sin hacer ruido. La clase de hortera que solo viste de blanco y que no se quita nunca las gafas de sol.

—¡Ah, casi me olvido! Lleva el pelo teñido de rosa chillón —acaba por completar.

—Qué horror.

—Sí. Es horrible. De verdad que no lo entiendo. No tenemos nada en común. Nunca sabemos de qué hablar. Él y sus amigos están obsesionados con los extraterrestres. Me ha invitado un par de noches a su casa y todo lo que hacen es tragar comida basura, fumar un montón de marihuana y ver documentales que demuestran la existencia de marcianos que planean invadir nuestro planeta. Pero a pesar de todo esto, y no me preguntes por qué, hay algo de él que me fascina.

La imagen que Eve se ha forjado a partir de las pistas que ha dado Jorge es del todo espeluznante. Aquello ni siquiera se asemeja a un ser humano. Sacude la cabeza para espantar el monstruo.

—¿Sabes qué? Entiendo por qué sientes lo que sientes hacia Lobster.

Jorge estalla en una carcajada que resuena a lo largo del vagón.

—Se llama Lester. Aunque, ahora que lo dices, si me lo encontrase buceando en el mar seguramente lo confundiría con una langosta gigante.

Ella sonríe por cortesía hasta que el muchacho recupera la calma.

—Está claro que Lob…, que Lester es una persona peculiar. Eso muchas veces impresiona, sobre todo a los que andamos a la caza de personajes. El misterio nos resulta más tentador que el sexo, que la belleza y hasta que la lealtad. Déjame que te dé un consejo, Jorge… —Hace una pausa. Su expresión se ha vuelto severa. Sabe bien que los romances, por absurdos que se perciban desde fuera, deben ser tratados con la máxima seriedad ante los implicados—. Esfuérzate por analizarlo durante el tiempo que esta historia te siga entreteniendo. Toma notas sobre los aspectos que te llamen la atención, de lo contrario olvidarás infinidad de detalles necesarios para trasladar esta persona al papel.

Ahora bien, no esperes nada de él, porque lo más seguro es que no vayas a recibir nada.

Jorge amaga con rebatir este punto de vista tan tajante; sin embargo se mira los zapatos, reconcentrado y algo taciturno.

Salen del tren en la parada de la calle 59 con la Quinta Avenida. A sus espaldas se expande el Central Park. Hace días que el sol ha dejado de ser satánico, aunque la brisa fresca todavía se abre camino con timidez. Avanzan cogidos de la mano hasta el portal número 300 de la calle 58. La recepcionista que los recibe a la entrada de la consulta parece llevar rato esperándolos con una estática sonrisa impresa en la cara.

—¡Pero bueno! ¿Quién es este chico tan guapo que trae, Miss Friedman?

—Es mi amigo Jorge.

—Hola —dice Jorge.

—¡Yo también quiero un amigo así! ¿Dónde lo ha encontrado?

Jorge se queda hojeando una revista en la sala de espera durante la ausencia de Eve.

Siempre que telefonea a la doctora por cuestiones de salud, esta se muestra escueta, le resta importancia a sus quejas e intenta colgar lo antes posible. Por eso, Eve llevaba días anotando en un papel las molestias que hoy pretendía abordar con ella: los ojos se le irritan cada dos por tres, el dolor en las cervicales aumenta a diario, el insomnio sigue, ha ganado peso y no se lo explica, las uñas del pie izquierdo tienen aspecto de estar oxidándose, está sedienta a todas horas, las rodillas le molestan tanto que ya no puede caminar más de dos manzanas, en la espalda tiene verrugas nuevas que se quiere revisar y, a su parecer, tiene los dedos de la mano derecha mucho más torcidos que los de la izquierda.

No obstante, durante el reconocimiento médico no puede pensar en nada más que en la recepcionista.

Sus comentarios sobre Jorge han sido de mal gusto. Considera una falta de respeto tratar al acompañante de una paciente como un pedazo de carne. Y esa indiscreción con la que le ha preguntado dónde lo ha encontrado… Como si pretendiera escuchar una dirección para hacerse con una réplica. ¡Burra! Ha observado que él no se ha ruborizado, más bien ha sonreído con evidente indiferencia. Es probable que esté acostumbrado a provocar este tipo de reacciones. Ya sea en la consulta de un médico, sea en la cola del Metropolitan Museum, siempre habrá quien se lo quiera llevar a casa igual que a un peluche. ¿Cuánto tardarán en arrebatárselo?

Le viene a la mente el aspecto del individuo pelirrosa y no puede evitar reaccionar con expresividad.

—¿Le molesta? —pregunta la doctora que, después de auscultarle el corazón y los pulmones, ahora se dedica a presionarle con suavidad el vientre—. ¿Siente náuseas?

En el fondo, lo que siente es miedo de estar equivocada respecto a Lobster. Aunque le sorprendería mucho, quizá la insólita historia entre ellos dos acabe por funcionar. Eso sería una pena. Si el amor irrumpe en la vida del muchacho, ya no tendrá tiempo libre para seguir divagando con ella sobre un proyecto que no arranca.

La doctora toma asiento tras el escritorio y repasa los análisis que la paciente ha traído consigo.

—Está perfecta, Miss Friedman. Felicidades. ¿Sigue vigilando el azúcar?

—Desde luego —responde, orgullosa, mientras se abotona la blusa—. Le hice caso y ni me acerco al chocolate.

Para desayunar nunca tomo más de un vasito de zumo de naranja y un huevo duro, se lo prometo. De hecho, ayer ni siquiera me acabé el huevo, doctora. Me pasó una cosa extraña… Me desperté con la sensación de que se me estaba ocurriendo una idea para escribir algo. No sé si a los doctores les sucede, pero a los dramaturgos sí, muchas veces. Estaba inmersa en esa oscuridad que antecede a la súbita clarividencia. Pero, por algún motivo, me quedé sumida en una oscuridad cada vez más espesa. Todo era confuso y ni siquiera recordaba el código postal de mi casa.

La doctora, reclinada sobre su silla, emite un breve sonido de asentimiento sin mover la cabeza.

Al día siguiente, Eve se sobresalta al reconocer la voz de la doctora al teléfono. Es la primera vez que la llama.

—¿Qué ocurre? ¿Me voy a morir?

—Ya le dije que no puede estar en mejor forma, Miss Friedman. Lo único que quiero es que nos aseguremos de que aquella ofuscación con la que se despertó el otro día no sea nada de lo que debamos preocuparnos.

—¿Preocuparnos? Quiere decir que a usted le preocupa… ¿Por qué? ¿Qué puede ser?

—Fatiga, lo más probable. De todas maneras me gustaría que volviera a visitarme para que complete un test.

—Oh, Dios mío… ¡Alzhéimer!

A pesar de la seguridad con la que su interlocutora ha repetido que es poco probable que padezca la enfermedad, al colgar el teléfono Eve siente que se va a desplomar. No puede ser. El alzhéimer no está en los genes familiares. Su padre y sus hermanos murieron por ataques al corazón de un día para otro, sin sufrir, como si hubieran recibido un balazo repentino en el lado izquierdo del pecho. A su madre se la llevó el cáncer, y el pobre Jessie padece de todos los males que un cuerpo de noventa y tres años pueda aguantar, menos de alzhéimer. Ella sería la primera víctima en la familia Friedman.

Vuelve a descolgar el teléfono porque necesita hablar con alguien. Jorge es demasiado joven para saber aliviarla. Hace unos años habría recurrido a Jessie, pero ahora apenas es capaz de pronunciar más de una frase completa, a excepción de cuando se pone violento y le entra la verborrea. Se le pasa por la cabeza buscar en la agenda el número de su sobrina. Tres segundos son más que suficientes para descartar la idea. Deborah no le proporcionaría consuelo alguno, más bien terminaría por narrarle hasta los detalles más irrelevantes de su último juicio. ¿Mohamed? Desde el episodio de los muslitos se han distanciado. ¿Tony? En la escuela.

Cuelga el teléfono porque no se le ocurre nadie a quien decirle que prefiere estar muerta a perder la cabeza.

La escena que ve proyectada sobre las baldosas del fondo de la piscina consiste en lo siguiente:

Su madre y ella están inmersas en la lectura de sus respectivos libros, con las espaldas apoyadas contra cada uno de los brazos del sofá. Los pies de ambas se rozan. El padre, que es todo un manitas, arregla la pata de una mesa que ha colocado boca abajo. El salón está tenuemente iluminado por dos lámparas bajas. Es casi la una de la madrugada de un martes. Tras las ventanas, Manhattan es un paisaje inofensivo; nieve y silencio. Eve tiene alrededor de once años. Al día siguiente debe madrugar para ir a la escuela. Sin embargo ahí está, compartiendo sofá y manta con su madre a horas imprudentes para una colegiala. Antes de meterse en la cama quiere acabar el capítulo del libro que descansa sobre sus rodillas, y no necesita el consentimiento de los adultos con los que convive. Puede hacer lo que le dé la gana.

Nunca le ocultaron el hecho de que su concepción fue un pequeño accidente no planificado. A veces, cuando la querían hacer rabiar un poco, la llamaban así: «Nuestro pequeño accidente». Los dos hijos mayores ya vivían fuera del nido familiar y Jessie casi tenía diez años cuando su madre descubrió que volvía a estar encinta. El médico le advirtió de que su cuerpo no estaba tan preparado como antes. Iba a ser un embarazo difícil y, hasta el último momento, muy arriesgado tanto para ella como para el feto.

Al cabo de nueve meses agotadores, Eve salió del útero con una diminuta sonrisa grabada en la cara. Parecía guiñar el ojo a su padre y a la vagina de su madre mientras el médico le golpeaba el trasero una vez tras otra. Le costó mucho hacerla llorar, como si aquel bebé risueño fuera plenamente consciente de haber nacido por accidente y no estuviera dispuesto a desaprovechar la oportunidad.

Sus padres pronto se dieron cuenta de que les faltaban energías para seguir ejerciendo de padres en el sentido estricto de la palabra. De modo que con ella, la última de sus descendientes, se relajaron hasta el punto de tratarla como a una adulta desde muy pronto. A diferencia de como pasó con sus hermanos, no hubo horarios ni reglas de ningún tipo en la educación de Eve, solo cariño y una naturalidad digna de destacar: «¿Quién se ha tirado un pedo? Mi amor, ¿has sido tú? ¿Te ha sentado mal la cena? Huele que apesta, cochina».

En definitiva, Eve siempre tuvo la posibilidad de hacer lo que quisiera. Su infancia y adolescencia fueron la antesala de un viaje libre. Sin embargo, cumplidos los quince, los veinte y los treinta años, la escena seguía siendo la misma.

Flotando sobre la superficie del agua, ve a través de las enormes gafas de buceo cómo los rostros de sus padres se arrugan y que su propio cuerpo adopta las curvas de una mujer, sin embargo nadie se mueve del salón. Siente ganas de sumergirse hasta el fondo de la piscina para arañar las baldosas donde aparece la imagen amodorrada de sí misma.

¿Fue decisión suya? «Quiero quedarme con ellos hasta su último soplo de vida». ¿O fue un acuerdo no verbalizado entre ella y sus progenitores? «A cambio de todas las licencias que te hemos permitido, cuidarás de nosotros hasta el último soplo de nuestras vidas». Lo único claro es que Eve se independizó muy tarde y mal, con ganas de no depender de nadie nunca más. Aunque esto supusiera prescindir de los cuidados que todo ser humano se merece a partir de un cierto momento de su vida.

El socorrista se lanza al agua y la desenreda de una de las corcheras que delimitan el carril. Sintiéndose a salvo entre los brazos del hombre, se disculpa y espera que él entienda a lo que se refiere cuando le revela que no ha sido más que un pequeño accidente.

Jorge tira la mochila al suelo y va directo al sofá. A Eve le resulta entrañable la confianza con la que se desenvuelve dentro de su hogar. Desde hace unos días, el joven toma asiento, acude al cuarto de baño o se sirve un refresco en la cocina sin pedir permiso. Le encanta.

—No puedo con Lobster y su pandilla. ¡Estoy harto! No nos despegamos de sus amigos, todo lo hacemos con ellos. Y cuando digo «todo», solo me estoy refiriendo a ver documentales de extraterrestres en su casa, porque no hacen nada más, te lo aseguro. Le he propuesto varias veces salir a cenar o ir al cine, y ni siquiera me responde. Me da la sensación de que evita que nos quedemos solos, como si tuviese pánico a entablar conversación. A veces pienso que él mismo es un extraterrestre.

—¿De verdad lo crees?

Es una posibilidad que a ella también se le había pasado por la cabeza.

—No se sabe relacionar como una persona.

Aparte de frustrado, Jorge está triste. Se lo nota en las facciones, hoy tan blandas como pan mojado. No parece uno de esos que lloran en compañía, pero la pena le transfigura la cara. Eve, que todavía no ha tenido ocasión de sentarse desde su reciente llegada, lo hace junto a él en este momento.

—Mi querido Jorge —empieza, acariciándole la rodilla con suavidad—, hay gente que se cruza en nuestro camino de una forma insospechable y se nos muestran inaccesibles, no nos permiten llegar a su interior. En estos casos, no podemos más que desistir de nuestro empeño por conocerlos, de lo contrario seguiremos dándonos cabezazos contra una pared inquebrantable. Y, amigo mío, en nuestra profesión no hay tiempo que perder.

Ha adoptado la costumbre de hablar en primera persona del plural a la hora de dar consejo al muchacho. Le gusta la idea de referirse a ellos dos como si fueran un equipo.

—No sé, Eve… Cada vez veo más y más imposible encontrar a alguien. Llevo tanto tiempo solo que me había convencido de que con un extraterrestre podría funcionar.

—¿Cuánto tiempo llevas soltero?

—Toda mi vida, sin contar con el año más difícil de mi vida.

Empieza a considerar que, a pesar de la edad, quizá Jorge esté más preparado de lo que pensaba para escuchar sus miedos. Todavía no le ha mencionado a nadie la llamada de la doctora. Se aclara la garganta antes de hablar.

—Déjame que te cuente algo, cariño… Mi primer novio tenía labio leporino, pero llegué a acostumbrarme. La cuestión es que iba a ser mi marido. Éramos tan jóvenes como tú. Llevábamos más o menos tres años juntos y casarnos era el siguiente paso lógico. Yo todavía trabajaba como profesora. Un mes antes de la boda, al salir del colegio, un autobús escolar me golpeó lo suficientemente fuerte como para pensar que tuviera que pasar el resto de mi vida en silla de ruedas. ¿Y sabes qué ocurrió? —Su oyente enarca las cejas, expectante—. Mi prometido se dio a la fuga. No volví a ver aquella boca deforme nunca más.

Trata de imaginar la reacción de Jorge si le desvelara que es posible que padezca una enfermedad mental degenerativa. ¿Se daría también a la fuga?

—Menudo cretino —comenta.

—Al cabo de unos años volví a sostenerme en pie y a enamorarme de nuevo, esta vez de un borracho que acabé descubriendo que, además, me era infiel. —Eve se rasca la barbilla con fruición. Ahora este picor es mucho más relevante que aquellos dos hombres por los que, en su momento, perdió la cabeza—. Si quieres que te sea sincera, mi vida empezó a tener sentido el día que dejé de buscar a alguien con quien compartirla.

—¿Por qué?

—Me centré. Aprendí a escribir a diario.

—¿Me estás diciendo que no existe el amor? —pregunta Jorge con verdadera inquietud—. ¿Que es más sabio tirar la toalla?

—Yo no sé nada sobre el amor. Pero encontrar a alguien que te entienda es algo diferente, y es muy, muy difícil.

Aunque no sepa cocinar y me cueste mantener la casa en orden, cualquiera podría convivir conmigo. Soy tan silenciosa como una hormiga y casi nunca me enfado. Sin embargo, estoy sola. ¿Y sabes por qué? Porque dentro de mí hay un tipo de tristeza con la que nadie quiere involucrarse. Tuve una infancia feliz y sin problemas. Aun hoy soy un poco ingenua respecto a algunas cosas. Pero… siempre he tenido una percepción bastante nítida acerca del otro lado de la vida.

Un breve silencio se interpone en la conversación como un punto y aparte.

—¿Del lado oscuro? —pregunta él con aire místico.

Los ojos de Eve son ahora espejo de las reflexiones más sombrías. No se ve capaz de contarle que puede que su cuenta atrás haya comenzado.

—Algunos lo llaman así —murmura entre dientes, decidida a mantener el secreto—. Yo simplemente lo considero el lado más triste.

La temperatura sigue bajando escalones, aproximándose cada día más al sótano gélido del invierno. Todavía quedan varias semanas por delante antes de que pongan en marcha la calefacción central. Eve, más insomne si cabe que de costumbre, descuelga el telefonillo y llama a recepción.

—¡Eres tú! —exclama con júbilo en cuanto reconoce la voz de Tony—. Aguarda, estaré abajo en un momento.

Se pone un abrigo largo sobre el camisón y sale del piso en pantuflas.

Se abrazan tras el mostrador. Eve le dice que lo ha echado de menos. ¡Terriblemente! Luego se queja del frío. ¡Terrible! Le pide a Tony que, por favor, le frote las manos. Uno junto al otro, miran hacia la calle a través de la puerta de vidrio de la entrada. El viento levanta las hojas secas del suelo con sonidos graves. Son las cuatro de la madrugada.

—¿Sabía que los esquimales tienen cuatrocientas palabras para definir la nieve?

—No debe de ser más que una simple leyenda, Tony.

—Nos lo ha explicado hoy el profesor de inglés, Miss Friedman. Por lo visto, la lengua de los esquimales tiene cuatro raíces diferentes para decir «nieve» y de cada raíz se pueden añadir hasta cien sufijos diferentes. Todo ello suma cuatrocientas palabras para un único fenómeno.

Mientras habla, no deja de soplar las manos de ella al tiempo que las frota contra las suyas.

—¿Para qué querrán tantas palabras?

—La nieve domina su mundo. Seguramente ellos identifican matices definitorios que para nosotros son imperceptibles.

Un gato callejero maúlla cerca de la puerta, reclamando la atención de los que se encuentran a resguardo. Al verlo, negro como una sombra desorientada, Eve se compadece de él; otro ser solitario al que nadie va a salvar.

—Aun así, Tony. Es pasarse de la raya. Con tener una palabra para referirse a cada cosa es suficiente. Al menos para mí.

Y de pronto, tras esta declaración, siente de cerca la amenaza de la vacuidad.

Al cabo de una semana, Jorge la llama para decirle que no va a poder ir a verla ni hoy ni mañana ni pasado mañana ni al día siguiente. Eve se lo toma a broma.

—¿Quieres decir que estás muerto? ¿Me llamas desde el Más Allá?

—El invierno es la temporada con más jaleo en el restaurante y mi jefe necesita que me comprometa más días.

Cambia el auricular de oreja.

—Pero si ya trabajas cuatro días a la semana —replica, todavía incrédula.

—A partir de ahora tengo que trabajar seis. Imagino que solo será por una temporada. Además, me vendrá bien el dinero. Quiero ahorrar para visitar a unos amigos en Puerto Rico.

—¿Puerto Rico? —En un primer momento no es capaz de ubicarlo en el mapa, pero se le antoja un destino muy lejano—. ¡Vaya disparate! No tiene ningún sentido, Jorge. Tú lo que quieres es ser guionista, no camarero, por eso te mudaste a Nueva York. Si solo te dan un día libre a la semana no vas a tener tiempo para escribir. ¿Quieres que le plante yo cara al cretino de tu jefe? Lo haré encantada.

—Este verano he tenido tres días libres a la semana y no puedo decir que haya escrito gran cosa.

Eve recibe este comentario como un punzante ataque personal. Jorge la está castigando por no haber sido capaces de escribir ni una palabra desde que se conocieron.

—Estamos trabajando en ello. Yo creo que poco a poco nos estamos acercando a nuestra meta, ¿no? —Espera con ansias a que él lo corrobore, pero no se pronuncia—. Jorge, si no recuerdo mal, tú mismo dijiste que íbamos a hacer algo grande juntos. ¿Has cambiado de opinión?

El silencio se extiende como una cortina que ensombreciera las tardes soleadas que han compartido.

—Seguiré yendo a tu apartamento los lunes.

—Un día a la semana no es suficiente —se queja.

—¿Suficiente para qué? —pregunta con vehemencia, como si a él mismo se le estuviera olvidando la finalidad de estas reuniones.

Si fuese sincera, le respondería que verlo solo un día a la semana no será suficiente para lograr sentirse lúcida y motivada para seguir adelante, pero no quiere que él cargue con el peso de sus fantasmas.

—Para escribir un guion.

Jorge vacila antes de replicar.

—Tendrá que serlo. No hay otra opción, Eve.

Son las tres de la madrugada. Las sábanas aparecen desordenadas sobre la cama. Eve está arrodillada en el suelo, cerca de las patas del escritorio. La rodean cuadernos, archivadores, hojas y cajas con pilas de papeles sueltos. Lleva horas revisando notas del pasado, pero de momento ninguna le sirve. Tiene manchas de polvo en el camisón, los ojos enrojecidos y las manos temblorosas. Aunque está agotada, sabe que esta noche no sería capaz de dormir, de modo que no tiene intención de abandonar lo que está haciendo. Busca un tema que ofrecer a Jorge para traerlo de vuelta a su lado.

Una táctica similar funcionó, muchas décadas atrás, con Bashevis Singer.

Entablaron conversación porque eran los únicos sobrios en una fiesta frecuentada por escritores y dramaturgos. A ninguno de los dos le gustaba la idea de perder el control de esa manera, y rieron a pierna suelta comentando el ridículo en el que se estaban poniendo la mayoría de los intelectuales que los rodeaban. Isaac no tardó en coquetear con ella, que tenía treinta y cuatro años aunque aparentase diez menos. «Estoy seguro de que eres puro fuego en la cama». Eve no pudo evitar soltar una carcajada al escuchar semejante atrevimiento en boca de un señor que casi le doblaba la edad. «No me veo particularmente reflejada en tu descripción». Intercambiaron los números de teléfono y fueron los primeros en abandonar la fiesta. Cada uno se fue a su casa.

A la mañana siguiente, él la telefoneó y le propuso que adaptaran al teatro *Teibele and Her Demon*. Eve leyó varias veces seguidas el relato escrito por Singer antes de concluir que convertir ese cuento de apenas seis páginas en una obra de teatro era sencillamente imposible. Se reunieron para discutirlo cara a cara. Él trató de acostarse con ella, pero no lo consiguió. También quiso convencerla de las posibilidades que tenía el proyecto, pero tampoco tuvo suerte. Eve no hacía más que enumerar las complicaciones con las que se encontrarían en el proceso, muchas de ellas irresolubles, a su parecer. Al cabo de un tiempo, Isaac le dijo que de acuerdo, mejor olvidarse del asunto. Fin.

Impulsada por un singular instinto que de pronto la embargó, ella se pasó aquella noche en vela pensando en estrategias para extender la trama principal, reducir los escenarios, dar prioridad a los diálogos, añadir nuevos personajes y modificar los ya existentes. Al día siguiente se presentó en casa del escritor sin previo aviso y, tras leer en voz alta sus anotaciones, vieron claro que debían seguir adelante. Trabajaron juntos los siguientes tres años.

Ahora pasa las páginas amarillentas de un cuaderno tan viejo que parece que se vaya a deshacer entre sus dedos como la ceniza. Más que ideas e historias, lo que hay aquí escrito son críticas sobre obras de teatro, descripciones de personas reales e inventadas, y algún que otro pasaje con un contenido más íntimo. Se detiene en un texto fechado en 1985: «Llevo un tiempo viviendo como si fuera el último día de mi vida. Me despido de todo lo que me rodea y a la mañana siguiente me sorprendo despertándome de nuevo. ¿Hasta cuándo puede durar esto?».

Reconoce su letra, pero no recuerda haberse sentido tan triste como para escribir algo así.

De pronto, vislumbra en su memoria el dibujo que encontró en el cuaderno de Jorge el primer día que fue a su apartamento. Una mujer con dos cabezas de aspecto muy diferente unidas entre sí por una trenza que le llegaba a los pies.

Eve piensa que la soledad podría tener esa misma apariencia. En los momentos en los que te mira con rostro sosegado e inteligente, te sientes satisfecho de no tener otras distracciones a las que dedicar tu tiempo. No existe relación más gratificante que la intimidad adictiva que ofrece esta hermosa mujer. No obstante, cuando la soledad cambia de cabeza, se vuelve fea y ruin. Te señala como a un ser prescindible hasta que logra convencerte de que lo eres. Totalmente prescindible. Enteramente desechable. Entonces, una vez que ha conseguido que te doblegues ante ella, te entrega su larguísima trenza y te sugiere que la utilices para colgarte del cuello.

Eve va a Gristedes pensando en el menú para el próximo lunes. No quiere comprar nada cuya preparación requiera mucho tiempo. Antes de cenar, planea explicarle a Jorge la idea que se le ha ocurrido, y desea hacerlo con calma. En una ocasión, él cocinó en menos de quince minutos algo que estaba para chuparse los dedos. No recuerda el nombre del plato, solo que la cocina y el salón se quedaron oliendo durante horas igual que un huerto de un oasis en medio de un desierto polvoriento.

Después de recorrer en balde todos los pasillos del supermercado, se dirige hacia las cajas registradoras. Cuando Emily ve a la anciana, retrocede un paso.

—¿Algún problema, Miss Friedman? —pregunta, vocalizando tanto como la mandíbula le permite.

—Hola, cariño. Estoy buscando aquello tan bueno que unas semanas atrás comí en casa con mi amigo español. Se llama Jorge y es un encanto. No sé en qué pasillo está.

Emily mira a derecha e izquierda, como quien busca el modo de escapar.

—No lo sé, Miss Friedman. De verdad que yo tampoco tengo ni idea.

—¿Has perdido peso? —pregunta de pronto, escrutando la barriga redonda que sobresale por debajo de su polo.

—Estoy embarazada de siete meses y medio.

—Entonces lo has debido de ganar. ¡Enhorabuena!

Emily baja la guardia durante el instante en el que Eve tararea los versos más dulces de la única nana que recuerda.

—Pero Emily… ¡Tiene que estar por alguna parte! —se queja en cuanto termina el cántico.

—¿Quién? —pregunta la empleada, otra vez en tensión—. ¿De quién habla, Miss Friedman?

—Quién, no. *¡Qué!* Estoy hablando de comida, Emily. Te recuerdo que trabajas en un supermercado. ¿No entiendes ni una palabra de lo que digo?

Emily cierra los ojos e inspira profundamente, armándose de paciencia.

—¿A qué sabía?

—A huerto de un oasis en medio de un desierto polvoriento.

—¿Qué? Me temo que no puedo ayudarla con esa información.

Eve levanta el dedo índice para que le conceda un minuto. Junta las palmas de las manos y se las lleva a la altura de los labios manteniendo los ojos cerrados. Cualquiera diría que está rezando, pero en realidad pone todo su esfuerzo en dar con alguna pista útil.

—Él entra en la cocina —dice, mientras recrea la escena—. Siempre lo hace con decisión. Jorge es muy varonil, con mucho pelo en las piernas, yo nunca hubiese dicho que fuera gay. De hecho, estoy convencida de que tarde o temprano se dará cuenta de que no lo es. Estas confusiones pasan con frecuencia a su edad, ¿no crees?

—Desde luego. Todos los días.

—Cuando él entra en la cocina, yo me aparto de su camino. No me explico cómo, pero conoce mis cajones mejor que yo, sabe dónde está todo, ahí no necesita ayuda. La mayoría de las veces yo preparo la mesa mientras él hace a solas lo que sabe hacer tan bien. No quiero estorbarlo, pero ese día lo vi abrir la despensa y sacar un paquete con lo que ahora tú y yo estamos buscando. —Abre los ojos y encuentra a Emily con expresión ceñuda, mueve la cabeza afirmativamente tras cada frase que escucha—. Creo que el paquete era rojo, pero el contenido no, sin duda alguna. Parecía arena. Lo cocinó en un periquete. Recuerdo que me preguntó: «¿Tienes algo con que acompañarlo?».

—Arroz.

—Es más marrón que el arroz.

—¿Arroz integral?

—El arroz apenas aporta nutrientes, guapa.

La empleada asiente repetidamente. Su aire despistado va dejando paso a una expresión de plena seguridad. La coge de la mano y la lleva al pasillo donde hay una colección de paquetes rojos alineados sobre uno de los estantes. Al reconocerlos, Eve da un bote sobre sus zapatos de buceo y lee de un grito el nombre que no piensa olvidar nunca más.

—¡Cuscús!

Se cruza con Mohamed en la salida del supermercado. Está tan contenta que se lanza a abrazarlo, olvidando antiguas tensiones.

—¡Hermana blanca! —celebra él.

Está sentada sobre un taburete alto enfrente del lavabo. Sus pies se columpian en el aire a medida que se corta los pelos de la barbilla. Es una actividad que requiere mucha concentración y tiempo. Si se impacienta, la mano empieza a temblar y entonces ya resulta imposible atrapar el pelo en cuestión. Ha llegado a hacerse cortes profundos en la cara.

Considerando que odia las barbas, casi le dio un síncope cuando detectó por primera vez unos pelos gruesos y blancos alrededor de los labios. ¿Era acaso un castigo por su intransigencia al respecto? ¿O le pasa a todas las mujeres a partir de cierta edad? No recordaba haber visto a su madre con barba ni cuando la enfermedad la obligó a pasar seis meses postrada en la cama.

Al principio se los arrancaba con los dedos, igual que si fueran malas hierbas. Cuando los pelos se propagaron como una plaga, tuvo que comprarse unas pinzas que la hacían llorar. Llegó a temer tanto a ese instrumento metálico que no lo utilizaba hasta que se daba cuenta de que la gente, al hablar con ella, le miraba los contornos de la boca en vez de los ojos. Verse a sí misma afeitarse la cara con cuchilla era una imagen que la repelía, así que llegó un momento en el que se acostumbró a hacerlo con las tijerillas de las uñas.

Es muy escrupulosa en este asunto. Sabe que tan pronto desaparece el orgullo, todas las historias terroríficas sobre la vejez se desencadenan una tras otra, y ya entonces no hay marcha atrás.

Además, hoy es lunes. Quiere estar guapa para Jorge.

Al ver el aspecto de su amigo se lleva la mano al pecho. Está pálido, ojeroso y, lo peor de todo, se ve a leguas que no se ha afeitado en, por lo menos, una semana. Jorge le da un beso rasposo y arrastra los pies hacia el interior del apartamento.

—¿Quién te ha hecho esto? —pregunta, señalándole la cara con disgusto.

—Ayer salí del restaurante a las tres de la mañana y he seguido sirviendo tacos hasta hace poco, en sueños. Estoy más cansado que cuando me metí en la cama. Me he lavado las manos seis veces y siguen apestando a guacamole.

Se quita la chaqueta y se deja caer sin fuerzas sobre el sofá. Ahueca un cojín que se coloca detrás de la nuca.

—¡Tienes que parar! —dice Eve, melodramática—. ¡Estos mexicanos van a acabar contigo!

Jorge saca un táper de la mochila para ofrecérselo.

—Te he traído la especialidad de la casa.

Cuando reconoce el color y la forma de un pastel de chocolate, se hace con el envase y lo aprieta contra el pecho. Una sonrisa radiante despunta en su rostro.

—Qué pena que no hayas traído dos porciones, Jorge. Hubiésemos comido una cada uno después de cenar. El chocolate no es algo que se deba compartir.

Habla en serio. No tiene intención de permitir que nadie le dé un bocado a este triángulo irresistible que le acaban de entregar. Aunque la doctora se lo haya prohibido, cuando se trata de un regalo se consienten excepciones. Se lleva el táper a la cocina y le guiña el ojo al contenido antes de cerrar la nevera.

Luego, sin más dilaciones, anuncia que se le ha ocurrido una idea brillante para el guion que tienen entre manos. Jorge se recupera inmediatamente del cansancio y se le encienden las pupilas. Se incorpora y ocupa la butaca que está frente a la que ha elegido Eve.

—Cuéntame —la apremia.

—Hace muchísimos años gané un concurso de textos para teatro que es muy importante en este país. Ahora no me sale el nombre… Como premio me dieron un montón de dinero para producir la obra. No recuerdo cuánto… El problema fue que la protagonista de *A Long Way From Heaven* es una niña pequeña. No sabes lo difícil que es hacer teatro con niños. Para empezar, no se pueden comprometer con los horarios porque tienen que ir a la escuela y bajo ningún concepto se les permite trasnochar. Además, a partir del tercer ensayo se vuelven caprichosos. ¡Esos renacuajos siempre tienen hambre! Encontrar el perfil adecuado fue una misión imposible. El que iba a ser el director de la obra y yo organizamos castings en diferentes estados, pero ninguna niña nos convenció. Al final decidimos abortar el proyecto.

—¿Y qué pasó con el dinero?

—Me lo quedé, qué te crees. Seguía siendo la ganadora.

El muchacho contempla a la ganadora con la misma admiración que expresó en el Cinema Village al hablar sobre su colaboración con Bashevis Singer. Es como si, tan solo en momentos puntuales, recordase que la enjuta anciana que tiene enfrente vivió la vida que le gustaría para sí mismo. No obstante, al poco tuerce el gesto.

—Pero ese texto ya está escrito. No entiendo…

—Para teatro —aclara, eufórica—. Está escrito para teatro. Tú y yo lo adaptaremos al cine.

No reacciona como ella esperaba. Ceñudo, se cruza de brazos y se esconde en una pose indescifrable.

—¿Qué opinas? —pregunta, inquieta ante su silencio.

—Yo tenía la ilusión de que tú y yo escribiéramos…

—Antes de nada deberíamos leerlo —interrumpe—, ¿no te parece?

Sin ni siquiera conceder a su amigo la oportunidad de hacerse un café, Eve desenfunda la copia de *A Long Way From Heaven* que tenía preparada al lado de la butaca. A pesar de las habilidades que demostró en la lectura anterior, esta vez apenas varía la entonación ni acompaña los diálogos con aspavientos interpretativos. Sujeta el cuaderno demasiado cerca de la cara, los hombros en tensión. Le tiembla la voz por culpa de los nervios e intenta disimularlo bajando el volumen hasta reducirlo a un eco lejano.

Este texto es la única oportunidad que tiene para volver a convertirse en un amarre imprescindible para la ambición del joven.

Cuando va por la página doce, intuye por el rabillo del ojo que la cabeza de Jorge se balancea. Aparta la mirada del papel y comprueba que se ha quedado traspuesto. El silencio contribuye a que, al poco, el muchacho vuelva en sí, desorientado. Enrojece en cuanto se da cuenta del panorama. Sin mediar palabra, adopta una postura rígida que invite menos al sueño. Le hace un gesto a Eve para que reanude la lectura.

Sigue, pero no por mucho tiempo. Está claro que, aunque lo intenta, Jorge no es capaz de permanecer despierto.

—Cariño, ¿te estoy aburriendo?

—¡No! —exclama, agarrándose a los brazos de la butaca como si despertase de una pesadilla—. No. No. No —repite mientras se frota la cara con las manos—. Joder, no puedo con mi alma. Estoy agotado.

—¿Quieres que nos tumbemos en la cama un rato? —propone Eve, sin ninguna intención oculta más allá de la de ofrecer descanso al muchacho antes de pedirle que se ponga a preparar el cuscús.

—Será mejor que me vaya a casa a descansar.

El cartapacio cae como un cadáver sobre su regazo. Ni siquiera ha pasado una hora desde que ha venido. Eve presiente la llegada de un fantasma con la forma del número siete; la suma de días interminables que tiene por delante hasta que vuelva a ser lunes. Todo se está yendo a pique. Jorge ya no tiene interés en ella.

—¿Tan pronto? —pregunta con las manos vacías.

IV

Ha madrugado, lo que quiere decir que a eso de las diez de la mañana ya había ingerido el chupito de zumo de naranja y roto la cáscara del huevo. Son las once y cuarto. Está vestida de calle y se ha pintado los labios. Muy a su pesar, esta vez ha optado por los zapatos ortopédicos para no darle una impresión equivocada a la doctora. También se ha colocado en la cabeza su pañuelo más bonito, que lleva bien anudado debajo de la barbilla. Es rojo, muy suave, comprado en Rusia.

Sentada al escritorio de la habitación, estudia las páginas de una enciclopedia al tiempo que va tomando notas en un pañuelo de papel. Pretende llevarlo a la consulta, oculto en el bolsillo del pantalón, y utilizarlo «para sonarse la nariz» solo en caso de que los nervios le jueguen una mala pasada durante el test al que la doctora la someterá para averiguar si tiene o no alzhéimer.

De momento va por el primer tomo de una antigua colección compuesta por seis. Este abarca, de la A a la F, todos los acontecimientos históricos, descubrimientos científicos y asuntos relacionados con el arte que compendian el conocimiento objetivo sobre el mundo. Ha incluido en la chuleta información del tipo:

«Ácana. Árbol de América meridional, cuyo tronco, de ocho a diez metros de altura, es de madera compacta y recia y se emplea en la construcción.

Acanthocinus. Coleóptero de la familia de los cerambícidos o escarabajos longicornios, cuya larva se desarrolla en los bosques de coníferas.

Acapulco. Bahía de la costa pacífica de México de cinco kilómetros de ancho.

Ady. Poeta húngaro que promovió la incorporación del pensamiento magiar al mundo occidental».

El portero la llama para comunicarle que el taxi acaba de aparcar enfrente del portal.

—¿Ya? ¡Si todavía no he empezado con la b!

Después de dar las señas al conductor, Eve le pide un favor:

—Pregúnteme lo que quiera. Vamos, adelante, sin miedo. Cualquier cosa que se le pase por la cabeza.

El hombre, sorprendido ante una petición tan original, mira a la pasajera por el espejo retrovisor durante tanto tiempo que parece haber olvidado que está al volante.

—¿Dios existe?

Levanta un dedo como señal para que le conceda tiempo. Repite la pregunta con los ojos entrecerrados para parecer inmersa en una profunda introspección. En realidad, está metiendo disimuladamente la mano en el bolsillo del pantalón. Antes de atrapar el fino papel con los dedos, cae en la cuenta de que la palabra Dios empieza por d, no por a. *Shit*.

—Oiga, ¿quién se cree que soy yo? —lo increpa, alterada ante la perspectiva de tener que encararse con cuestiones tan complejas en el test—. Yo no soy quién para decir si Dios existe, solo puedo afirmar que a mí no me lo han presentado nunca. —Tras un silencio desgarrado por el ruido de la autopista, Eve se inclina hacia adelante, impaciente por escuchar el veredicto—. Y bien… ¿A usted le parece que tengo alzhéimer?

Una vez en la consulta, se fuerza a morderse la lengua para no contestar a la recepcionista:

—¿Hoy no la acompaña el chico guapo?

¡Burra!

La doctora sonríe y le dice que tiene un aspecto estupendo, explayándose en una sarta de elogios dedicados al pañuelo que le cubre la cabeza. Todos estos comentarios desconciertan a Eve hasta el punto de sospechar que hay gato encerrado. Desde la primera vez que entró en la consulta, hará al menos diez años, la doctora siempre se ha mostrado bastante seca con ella, por no decir sequísima. Una borde de cuidado. ¿A qué diablos viene ahora este trato?

Toma asiento. La hoja del test está sobre la mesa y los espacios en blanco de las respuestas la acechan por todas partes. Le tiembla el pulso al empuñar el bolígrafo. La primera pregunta es la más fácil.

¿En qué año estamos?

Qué alivio. Por fin la suerte está de su parte. Mete la mano en el bolsillo del pantalón y simula estar a punto de estornudar. Año empieza por A.

—¡Aaaachís!

Come la porción de tarta de chocolate sin hambre y sin masticar. No disfruta del regalo de Jorge, que reservaba para complacer un antojo especialmente caprichoso, digno de merecérselo. Lo que la ha llevado a verse envuelta en esta actividad frenética son las ansias de venganza. No perdona a la doctora que, tras haber valorado las respuestas del test sin siquiera hacerla partícipe, le haya concertado cita para visitar a un neurólogo y hacerse un TAC. Eve ha suplicado que por favor, por favor, por favor, le diera la oportunidad de repetir el examen con gafas, excusándose en que se las había olvidado en casa y no había sido capaz de leer bien ni una sola pregunta.

Pero sus ruegos han sido en vano.

Si su estómago no fuese propenso a las diarreas, también se comería el helado que tiene guardado desde hace meses en el congelador y, nada más acabárselo, llamaría a la doctora para contárselo con pelos y señales. ¡A ver con qué cara se queda!

Jessie tiene un día bueno. Eve lo ha notado en cuanto ha descolgado el teléfono. No grita, ni amenaza con suicidarse, ni se queja de las enfermeras o de su compañero de habitación. Deja de ser él el enfermo y le brinda a ella la oportunidad de desahogarse. Él ya no es capaz de replicar con sugerencias inteligentes, de contrariarla haciendo uso de una retórica exquisita como solía hacer antes, de enseñarle a ver la otra cara de la moneda. Ahora apenas participa: se limita a soltar una o dos palabras y esos sonidos guturales que a ella le recuerdan el murmullo de una ola que atraviesa la superficie del mar en dirección contraria. A pesar de sus escasas o nulas intervenciones, Eve sabe que su hermano no pierde el hilo de lo que le dice. Se entera de todo. La entiende. Solo Jessie Friedman la entiende.

—Aunque viví con papá y mamá hasta el último día, siempre tuvieron prioridad mi carrera, mis aspiraciones, mi frustrante vida amorosa… Asumí que ellos dos eran figuras permanentes. Les adjudiqué ese rol injusto, egoísta a más no poder, de modo que no les presté atención durante el tiempo que los tuve al alcance. Sus muertes, que llegaron tan seguidas la una de la otra, me golpearon la cabeza como si se me hubiera caído encima el techo de la habitación. Me pasé los meses siguientes pensando en lo poco que les había conocido, en lo inconsciente y, aun así, imperdonable que había sido mi egocentrismo. Ni siquiera hice el menor esfuerzo por intentar comprender cómo supieron llevar con tanta dignidad la náusea de dejar de ser…, o lo que sea que se siente cuando estás a punto de estirar la pata.

Habla con los ojos cerrados, tumbada en la cama. Está tan relajada como si le estuvieran masajeando las sienes. No piensa en lo que dice. Se siente sumergida en un estado mental al que solo logra acceder junto a Jessie. Las palabras, cuando es él quien las escucha, se ordenan por su propia cuenta hasta que se ausentan durante periodos que pueden durar hasta cinco minutos. Estos silencios no suponen un problema para ninguno de los interlocutores porque el sonido de sus respiraciones significa tanto como el lenguaje.

Interacciones de este tipo le han ahorrado el dinero que, de otra manera, hubiese invertido durante décadas en terapia y clases de meditación. Saber que Jessie está al otro lado de la línea es todo el alivio que Eve necesita para sanar sus heridas.

—Me consuela saber que mi momento llegará. Lo que sea que es lo innombrable, lo impensable, tarde o temprano me atrapará a mí también.

—Ajammm.

—Últimamente me siento más conectada a papá y mamá que nunca. ¿No te parece irónico? Es como si el recuerdo que guardo de ellos fuese ahora más nítido que hace treinta años, o incluso que en la época en la que compartíamos casa. A veces creo que me muevo como ellos, que hablo igual que ellos; otras, reconozco en mi cara una de sus expresiones… Y entonces siento que nos estamos acercando.

—Hummmmmmmmm.

—¿Sabes qué, Jessie? Tengo la sensación de que si excavo hasta lo más profundo de mi interior, si me dedico durante los años que me quedan a escarbar en las ruinas de mi propia vejez, podré llegar a encontrar tesoros escondidos.

El silencio esta vez se extiende por tanto tiempo que parece dilatarse por el espacio que separa Seattle de Nueva York. Un escalofrío recorre la espalda de Eve. Se cubre con el edredón sin soltar el teléfono, que sujeta con la otra mano, apoyada sobre la almohada. Lleva días poniéndose calcetines de lana para dormir. El invierno, un año más, ha llegado a la ciudad puntualmente.

—Te quiero —balbucea él.

Eve cierra los párpados igual que si escuchara una balada romántica que está llegando al final. Teme que cuando el alejamiento entre ellos sea definitivo, la ausencia de estas conversaciones la condenará a vivir en el más absoluto vacío, sumida en un silencio definitivo que no tiene nada en común con el que se comparte con alguien especial.

—Yo también, Jessie.

Las hijas gemelas de Mohamed son una preciosidad. Pelonas, regordetas como las ruedas de un camión y tienen la misma expresión traviesa de él. Guarda las fotografías que lleva en la cartera y le dice que la semana que viene cumplirán seis años.

—A esa edad yo era clavadita a Ana Frank —se le ocurre comentar—, aunque más rubia.

—Mi sueño es llevarlas a Burkina Faso para que conozcan a su abuela —prosigue mientras se pone los guantes de carnicero—, pero me temo que este año tampoco va a ser posible.

—¿Por qué?

Mohamed se frota el pulgar con el dedo corazón. La malla de acero crea un sonido grimoso.

—Maldito dinero —lamenta—. Cuánto lo siento, Moha... ¿Sabes? Dudo de que te sirva de consuelo, pero yo también estoy en una situación parecida. Mi hermano está muy enfermo, en Seattle, y créeme que sueño día y noche con estar a su lado, al menos un fin de semana.

—¿Y por qué no lo hace, Miss Friedman? —pregunta el empleado de Gristedes, resuelto—. Es un vuelo nacional. Seguro que se lo puede permitir.

Eve desvía la mirada hacia el pedazo de carne que él lamina en lonchas finas como pétalos de rosa.

—Siempre que voy a Seattle me resfrío —acaba por decirle.

No quiere desvelarle el motivo real: que hay cosas que ya no se atreve a hacer sola.

Si desea dejar un mensaje de voz, espere a oír la señal. Piiiiiiiii.

—Hola Jorge, soy Eve. Supongo que estarás trabajando. De veras que lo siento. Se me encoge el alma cada vez que te imagino encerrado en el restaurante. Ojalá el mundo fuera un recreo. En fin, te llamaba porque esta tarde me he acordado de una cosa que estoy convencida de que te va a interesar. Estaba escuchando música en mi habitación cuando, de repente, he recordado algo que Isaac me repitió con frecuencia los años que trabajamos juntos. Me decía —carraspea antes de seguir, imitando el acento polaco con un tono varonil—:

«Tienes tres cualidades excepcionales, señorita Friedman. Observas tu entorno sin perder detalle, y sin prejuzgar, posees una percepción sagaz de la ironía y, por último, no existe ni la más remota pizca de maldad en tu interior». —Eve tose antes de recuperar su entonación natural—. En fin, ya ves, opinaba esto de mí… —Ahora prolonga su silencio, como si esperase que Jorge fuera a intervenir desde el otro lado de la línea—. ¿Sabes? Él tenía un don del que muy poca gente puede presumir. Era capaz de escribir en cualquier sitio. Ni el barullo más molesto lo distraía. En un tren colapsado de gente, en habitaciones de hotel, aviones o en la cafetería con más movimiento de todo Manhattan, sacaba la libreta y el bolígrafo y se sumergía en sus historias con una facilidad asombrosa. —De pronto da un respingo, sobresaltada—. Anda, justo ahora estoy recordando algo más que me solía repetir. —Recupera la voz de hombre extranjero con la que ha hablado antes—: «La vida de un escritor consiste en escribir. Es el único camino transitable». —Vuelve a alargar el silencio, a aferrarse a la esperanza de que la estén escuchando desde algún lugar—. Adiós, Jorge… Adiós.

Deborah es la clase de jueza a la que le sienta mejor la toga que su propia ropa. Tiene mal gusto y mal cuerpo y la poca vergüenza de, aun así, regañar a su tía por no deshacerse de las prendas viejas. Hoy, sin ir más lejos, en cuanto ha entrado en el apartamento le ha dicho que es ridículo utilizar como cinturón una cuerda que sirve para embalar paquetes y que ni se le ocurra salir a la calle con esos pantalones que parecen de un disfraz. Eve no recuerda a partir de qué momento Deborah se sintió con derecho a juzgar abiertamente su manera de vestir. A continuación, ha echado un rápido vistazo al salón y la ha reprendido por no contratar una mujer de la limpieza. Eve suele hacer oídos sordos a sus sugerencias, pero, siempre que su sobrina se va, pasa las siguientes horas lidiando con ese tipo de irritación que solo consigue provocarle Deborah.

Le ofrece asiento, pero no parece necesitarlo. Camina sobre ruidosos tacones de un lado a otro para dejar claro que no le sobra el tiempo. Eve se sienta en la butaca de cuero marrón y se alisa con las palmas de las manos la tela de los pantalones. De hecho, ahora que lo piensa, esta vez Deborah ha acertado. Recuerda que hace mucho tiempo los utilizó para ir vestida de bruja a una fiesta de Halloween divertidísima. Ella misma cortó y deshilachó los bajos, y luego se pintó una verruga enorme en la nariz. Le tiene un cariño especial a esta prenda.

—¿Se puede saber hasta cuándo piensas coleccionar todas estas botellas vacías? —pregunta con los brazos en jarra frente al carro de la compra aparcado a un lado de la estantería.

—¿Cuándo veré a Jimmy?

Jimmy ha dejado de ser un ente real; simplemente es el recurso oral más efectivo que conoce para cambiar de tema.

—El martes.

—¿Qué? ¿Por qué?

—Habrás oído en los informativos que se aproxima un huracán a Manhattan, ¿no? Advierten que puede llegar a ser catastrófico. Quizá se vaya la electricidad por horas. Vente a pasar la noche con nosotros. Comeremos pizzas.

Todos los habitantes de esa casa están gordos y no dejan de inventar razones para comer pizza.

—¡Oh, Debbie!, es muy amable por tu parte. Te lo agradezco.

—¿Vendrás?

—¡Oh, no, Debbie, mejor no! Te lo agradezco.

—¿Por qué no?

—¡Oh, Debbie!... Verás... —dice, alargando las pausas—. Estoy trabajando en un guion con un amigo.

—¿Y? —pregunta, remarcando el sinsentido con expresividad—. ¿Os vais a reunir a pesar del huracán?

—Claro, Debbie, la constancia es imprescindible para escribir. Además, en los noticiarios lo exageran todo. Cada año anuncian al menos un temporal que al final se reduce a cuatro gotas de lluvia refrescante.

Su sobrina enarca las cejas, resopla y adopta una expresión que lamenta: «¿Qué he hecho yo para merecer esto?». Es muy típico de ella deleitarse con muecas de sufrimiento. Tiene un concepto muy elevado de sí misma, como si, aparte de una jueza altamente respetada en la ciudad, fuera el único individuo del planeta con sentido común. Mira el reloj de pulsera y se aparta el pelo de la cara con gesto nervioso.

—Se me ha hecho tarde. Voy a beber un vaso de agua.

Atraviesa el salón, esquivando el puzle y multitud de otras cosas que se interponen en su camino hasta la cocina.

A Eve la apena que nunca muestre interés por su trabajo. Su sobrina presume de ser aficionada al cine y al teatro, asegura que no se pierde ningún estreno. Sin embargo, le acaba de dar la primicia de que está trabajando con alguien en un guion y ni se ha inmutado. Es incapaz de manifestar interés por nada relacionado con ella, y mucho menos demostrar admiración. Para Deborah, su tía existe porque lo dicta la ley. Obra en función de lo que piensa que es objetivamente correcto hacer. Si hay amenaza de huracán, le ofrece cobijo. Si Eve se tirase por la ventana, sería la primera en contratar un servicio de limpieza que se ocupara de la sangre en la acera. En realidad, le encantaría poder contar con ella, pues es el único miembro de su familia que reside en la misma ciudad. Bastaría con que demostrase un poco de aprecio sincero para que Eve la tuviese en mayor estima. Que, al menos por una vez, sus actos obedecieran a su corazón y no a su escrupuloso raciocinio. Que se quedara a tomar un café. Que en lugar de sus abundantes *love 'ya*, le dijera un solo *I love you* de verdad.

—¿Vuelves a tener ratones? —pregunta desde la cocina—. El suelo está lleno de cacas de ratón.

Imposible. No ha visto ni uno de esos bichos desde la última plaga, en octubre del año pasado.

—El otro día comí algo de chocolate y lo dejé todo perdido.

Deborah se asoma por el quicio de la puerta.

—Creí que la doctora te había prohibido el azúcar. ¿La has visitado últimamente?

Eve se impulsa con el pie para hacer rotar la butaca hasta darle la espalda. No quiere que le vea la cara. Es muy difícil ocultar información a una magistrada con experiencia.

Hace tres años firmó un poder notarial en favor de su sobrina para que pudiera representarla en el supuesto de que mermasen sus capacidades, y actuar en su nombre en todos los asuntos financieros, incluso en aquellos que requirieran tomar una decisión respecto a su cuidado y asistencia médica. Por este motivo, la teme desde entonces como se teme a un policía corrupto. Está decidida a ocultarle que su declive ya ha comenzado. Al menos, hasta que sea evidente.

—¿Cuándo veré a Jimmy?

A las nueve de la noche, los vientos empiezan a soplar con una fuerza inusitada, y ahora, media hora después, rugen como depredadores hambrientos. Eve observa el exterior sin apenas parpadear, a un palmo de la ventana del salón. El ruido del vidrio al temblar ahoga el sonido de la televisión. Nunca ha visto un cielo como el de esta noche: quemado, perforado por todas partes y atravesado por agujas de luz siniestra. Las nubes están tan llenas que parece que en cualquier momento vayan a parir piedras. Las ramas de los árboles de la calle 9 se retuercen como si fueran sábanas tendidas al aire libre. De pronto, aparece entre las farolas una placa metálica que vuela como un buitre con alas de hierro. Eve da un paso atrás ante esta visión terrorífica, temiendo que las criaturas salvajes del Apocalipsis le entren en el apartamento.

Las luces de casa parpadean, dubitativas, antes de apagarse al mismo tiempo que las imágenes del televisor y el alumbrado público. Un grito primitivo retumba en la más absoluta oscuridad. La electricidad regresa al instante, obediente a la queja de Eve, pero algo mucho peor viene a continuación…

Dos sombras del tamaño de peras con tallos largos corretean pegadas a la pared hasta entrar en la cocina.

Son ratones.

¿Eran ratones?

¡Sí, sí, sí!

¡¡Ratones!!

Se detiene a cada poco para replantearse si ir a su encuentro. La última vez que tuvo una plaga en el piso fue una verdadera pesadilla. La cosa empezó con dos roedores inofensivos a los que puso nombre y hasta cogió cariño, pero acabó con tantos que perdió la cuenta. Eran osados y temerarios. Aparecían por todas partes y la presencia de ella no los cohibía ni lo más mínimo. En una ocasión se quedó dormida en la butaca y, al despertar, encontró a uno mordisqueando tranquilamente los cordones de sus zapatos. Los animalitos se hospedaron durante un tiempo en el armario, por eso la mayoría de camisones, abrigos y vestidos largos tienen los bajos agujereados. También le provocaron unas diarreas terribles. Acabó por descubrir que se colaban en la despensa y dejaban heces camufladas entre el arroz, las lentejas o los cereales que luego Eve se comía sin sospechar nada. Después de eternos meses de lucha por encontrar un equilibro en la convivencia con ellos, se vio obligada a erradicar el problema. Todavía no se perdona a sí misma haber pagado a un fumigador para acabar con esa familia supernumerosa. Desearía no volver a repetirlo.

Enciende la luz de la cocina. Tras un primer vistazo no detecta nada, aparte de las pelotillas negras en el suelo que su sobrina ya le había mencionado. Estruja los faldones del camisón con ambas manos sin decidirse a entrar. De repente, a Eve se le ocurre hacer uso de su capacidad para modular la voz y maúlla como un gato en celo. La interpretación obtiene resultados inmediatos: unos sonidos conducen sus ojos hacia la nevera. Por debajo asoma una raquítica cola de ratón.

Agggggghh.

Corre despavorida a por el telefonillo ubicado en el otro extremo del apartamento. A través de las ventanas del salón que atraviesa a toda velocidad, se abre el cielo con una explosión de luz azul eléctrico a la altura de la calle 14. No ha sido un relámpago. ¿Qué diablos ha sido?

En la portería responden antes de que ella oiga el primer tono de la llamada.

—¡Tony! —exclama, impresionada ante su fortuna.

—¿¡Está a salvo, Miss Friedman!? —La voz de él se dispara como una alarma de incendios—. Anuncian que lo peor aún está por llegar. ¿Ha tapado las ventanas? ¿Tiene comida suficiente? ¿Velas? ¿Linternas?

—Tengo ratones, Tony. ¡Están otra vez aquí!

El consuelo del portero desaparece en la oscuridad que, de nuevo, se precipita sobre el piso. Eve le ruega a voz en cuello que todavía no se vaya, pero ya es tarde. No hay Tony ni hay línea ni hay nada. Le tiembla tanto el pulso al intentar colgar el telefonillo que el auricular queda suspendido del cable, balanceándose como un cuerpo recién ahorcado.

Da unos pasos inseguros hacia el recibidor, temerosa de enfrentarse a ciegas a su propio desorden. Tiene la esperanza de que, más allá de la puerta, la vida siga su curso, con luz y sin estallidos atronadores. Como si este huracán fuera un capítulo personal en el diario de su vejez que no tuviera nada que ver con la realidad de sus vecinos. Se golpea la cadera con el canto de la mesa de cristal. Luego, en el siguiente paso, tropieza con una silla metálica y se daña un pie. Más de una vez está a punto de caerse, pero logra mantener el equilibrio. Llega cojeando a la puerta principal y la abre, sintiéndose al fin a salvo. Sin embargo, tampoco hay luz en el pasillo de la cuarta planta. Solo negro sobre negro, antes y después del negro.

Manhattan se ha fundido.

Sin concederse tiempo para lamentos, Eve sigue adelante. Avanza hacia los ascensores con una mano pegada a la pared y la otra alzada a modo de escudo. Necesita bajar a recepción y no separarse de Tony en toda la noche, pero a mitad de recorrido repara en que el esfuerzo es inútil. Si nada funciona, entonces los ascensores tampoco.

Se detiene, ya sin rumbo, enclaustrada en medio de la nada. Apoya la espalda contra la pared y no puede evitarlo:

llora desconsoladamente. Está temblando como si la lluvia del temporal la hubiese calado hasta los huesos. Se seca los ojos y las mejillas con el antebrazo. Nunca se había visto en una situación similar. No sabe qué hacer y le duelen hasta las pestañas. Permanece quieta, sorbiéndose las lágrimas, a la espera de que ocurra algo.

Se le pasa por la cabeza la posibilidad de que este sea el final que el destino le tenía reservado. Jamás pensó que se la llevaría el viento. Encuentra un cierto alivio en la idea de abrir las ventanas y entregarse con la confianza con que lo hace Mary Poppins. No obstante, un instinto más fuerte que ella pone el punto final a estas divagaciones. Piensa en Jessie. Quiere estar al otro lado de la línea la próxima vez que llame.

La única opción es pedir socorro hasta que algún vecino la oiga.

—¡Ayuda! —irrumpe una voz anciana entre sollozos de niña—. ¡Ayuda, por favor!

Un foco de luz ilumina el fondo del pasillo a través de la puerta de las escaleras de emergencia. Eve entrecierra los ojos, deslumbrada y a la expectativa. A contraluz, no puede distinguir la cara del que sujeta la linterna que se aproxima a ella. Por su andar grácil apostaría a que es un hombre joven, delgado.

Desearía que fuera Jorge la primera persona que la viera llorar.

Al día siguiente, la capital del mundo intenta abrir los ojos, pero no puede. Todo está desierto. No se oyen bocinazos ni el ajetreo habitual de todas las mañanas. El sol ha salido en un cielo más o menos despejado, pero las calles permanecen cubiertas de escombros y silencio. Nueva York amanece como una broma de mal gusto.

Las ojeras de Eve son del tamaño de ciruelas. En la cama la rodean sus cinco aparatos de radio. Informan de que los vientos destructivos han provocado en la ciudad las peores inundaciones de su historia. El agua ha sobrepasado los cuatro metros de altura en algunos puntos del distrito financiero del sur de Manhattan, unos niveles superiores al récord anterior, de 1821. Al menos dieciséis personas han fallecido por la caída de árboles sobre automóviles o viviendas, según las autoridades. La mitad sur de la isla se ha quedado sin luz después de que explotara un transformador en una subestación de Con Edison. Se han cerrado todos los puentes y túneles de acceso a la isla, y algunas líneas de metro no circulan por culpa de las inundaciones. Las ráfagas sostenidas han hecho volar la fachada entera de un edificio de seis pisos en la Octava Avenida, en el barrio de Chelsea. Y también… y también… y también…

A pesar de que trata de prestar atención al noticiario, no deja de pensar en la reprimenda que le soltó a Jorge. Anoche, en cuanto reconoció que era Tony el que acudía a rescatarla, Eve le pidió prestado el teléfono móvil.

La conversación fue más o menos así:

—Hola Jorge, soy Eve Friedman. ¿Acaso te suena de algo ese nombre?

—¡Eve! ¿Estás bien? —Su tono era exaltado, como si estuviese disfrutando de la aventura tramada por la naturaleza—. Estoy en casa de un amigo en Williamsburg. Aquí todavía hay electricidad, pero dicen que en gran parte de Manhattan hace horas que no. El huracán está pegando con más fuerza allí que en Brooklyn. ¿Estás con alguien?

—¿No pensabas llamarme? —fue directa al grano.

—Sí, claro.

—¿Cuándo?

—Mañana.

—¿Mañana? ¿Para comprobar si ya estaba muerta?

En este punto unas interferencias interrumpieron la conexión.

—¿Por qué dices eso? —se le oía entrecortado, como si el viento barriera sus palabras.

—Porque la gente muere cada día, Jorge, especialmente los que ya superamos los ochenta años de edad. Y de entre todos los ancianos, los que tenemos más probabilidades de morir somos los que nos hallamos en el ojo de un huracán de magnitudes catastróficas. ¿Qué pensabas que estaría haciendo en estos momentos? ¿Tomarme un baño caliente? ¿Comerme unas rosquillas mientras observo, risueña, cómo el viento arrasa mi barrio? ¿O es que no has pensado ni un segundo en mí? Es eso, ¿verdad? Ni se te ha pasado por la cabeza que podría estar en peligro de muerte.

—Había dado por hecho que estarías con…

—Te voy a decir algo. No he parado de recibir llamadas en toda la noche. Me han llamado amigos de la infancia y de la juventud de los que no había tenido noticias en mucho tiempo. Incluso he recibido un fax desde China. Y no solo eso, sino que a partir del momento en que la luz se ha ido, cada uno de mis vecinos ha pasado por casa para ofrecerme velas. Me han regalado un montón de bizcochos caseros y galletas de mantequilla. Ellos no son mis amigos, aun así se han preocupado por mí. Tú eres el único que no me ha llamado, Jorge. ¡El único de entre todos los contactos de mi agenda! Pensaba que éramos un equipo, pero ahora veo las cosas claras. ¡Te interesaste por mí solo por mi relación con Singer! ¡Yo no te importo!

Y le colgó.

Aunque no es dada a mentir, le soltó a conciencia todas estas falacias porque necesitaba exigirle más atención sin que pareciera un acto desesperado por su parte.

Teme haberlo espantado.

Pero no. Al caer la noche Jorge se presenta sin previo aviso. En lugar del habitual beso en la mejilla a modo de saludo, esta vez le da un abrazo fortísimo, como si viniera convencido de que son los únicos supervivientes del huracán.

—¿Cómo has llegado hasta aquí? —pregunta ella sin desasirse.

En cualquier otra situación, no permitiría que la viera sin los labios pintados y con el camisón que no se ha quitado en las últimas veinticuatro horas. Sin embargo, en estos momentos la alegría eclipsa todo pudor.

—He cruzado el puente de Williamsburg a pie. Manhattan está irreconocible, Eve. No hay ni un alma por la calle. Es como el escenario de una película sobre el fin del mundo. ¿Tienes hambre?

—¿Has venido caminando desde tu casa? —pregunta sin dar crédito.

Jorge reparte aquí y allá diminutas velas eléctricas que carga en una bolsa de plástico. De este modo va llenando de luz el salón. Después de colocar unas cuantas más sobre la encimera, saca de la mochila pan de molde, lonchas de pavo y un bote de mayonesa. Eve se apoya contra el quicio de la puerta de la cocina, desde donde lo observa. Todavía está incrédula ante lo que ya podría considerarse un hecho consumado: Jorge unta mayonesa en las rebanadas de pan. Jorge describe con todo lujo de detalles los coches abollados en mitad de la calle, las aceras embarradas, los escaparates con cortinas rasgadas asomando entre los cristales rotos. Jorge coloca unas cuantas lonchas de pavo sobre el pan. Jorge ha sentido miedo al atravesar una desértica Broadway Avenue cruzada por ramas de árboles y contenedores de basura volcados.

Jorge está aquí.

—En la radio advierten de que todavía es peligroso caminar por las calles. Te podría haber caído un árbol encima. ¿Por qué lo has hecho?

Se detiene para mirarla hasta el fondo de los ojos.

—Siento no haber llegado antes.

Cenan en el salón, rodeados por las luciérnagas que él ha traído.

—No soporto la vida normal —le confiesa Jorge a mitad de sándwich—. No hay nada en ella que me interese lo más mínimo.

—¿La vida normal?

—Ahora que no tengo tiempo para escribir, o al menos para intentarlo, el día a día me resulta de lo más repetitivo. Todo ha perdido la importancia que yo antes le daba. Siempre he fantaseado con las historias que iba a escribir en el futuro. Aunque estuviese metido en problemas, recordarme que más adelante podría escribir sobre ello me aliviaba. Pero empiezo a sospechar que la rutina que no he tenido más remedio que seguir, la rutina en la que todo el mundo acaba atrapado, es una encerrona.

Algo en él ha madurado de un día para otro. Así lo siente Eve tras oír su explicación. Hoy no se comporta como un respetuoso alumno ante su profesora. Los roles han cambiado, igual que el motivo principal de su relación. Parece que el huracán haya tenido un efecto revelador en Jorge.

—¿De qué te extrañas? Esto te pasa porque eres guionista, amigo mío. No sirve de nada fingir ser alguien diferente.

—Solo me siento guionista cuando estoy contigo —replica al instante, sin titubear.

Eve imagina lo fácil que resultaría todo si el joven no se separara ni un minuto de su lado, si estuviera disponible las veinticuatro horas del día de los siete días de la semana. Está segura de que, si algo así fuera posible, ella no tendría miedo a casi nada.

Decide desenterrar el helado de chocolate del congelador. Es una ocasión excepcional.

—¿Piensas volver a España? —le pregunta mientras ambos meten las cucharas dentro del envase.

—Sí.

—¿¡Qué!? ¿¡Cuándo!?

—Hay ciertas cuestiones que, tarde o temprano, me obligarán a hacer las maletas.

—¿Qué cuestiones?

—El visado, por ejemplo. El que tengo caduca en menos de un año y no es fácil renovarlo.

—Mi amigo Mohamed se casó con una americana y ahora tiene los papeles en regla y unas gemelas preciosas. ¿Por qué no lo haces tú también?

Ella misma estaría dispuesta a decir el «sí quiero» con tal de evitar su ausencia.

—Hay algo más… —continúa él—. Últimamente pienso mucho en mis padres. No soporto que se estén haciendo viejos mientras yo me limito a servir platos en otro continente.

Eve vivió la experiencia opuesta y tampoco encontró satisfacción en el hecho de seguir el envejecimiento de los suyos desde la habitación de al lado. Es un asunto delicado.

Le está costando seleccionar las palabras con las que hacerle comprender que, si lo que quiere hacer es escribir, tendrá que aprender a no doblegarse ante las emociones que te atan las manos.

—Sé que es triste estar lejos de los seres queridos, Jorge, pero has elegido un camino de sacrificios. Por un motivo que no hace al caso, yo tardé mucho más que tú en atreverme a dar el salto. De ahora en adelante tu deber principal es seguir siendo un valiente, y no arrepentirte por serlo desde tan joven.

La mira con una mueca que desvela que no entiende del todo su consejo; no obstante, parece que lo esté memorizando. A menudo reacciona así a las palabras de Eve, como si la considerase un libro compuesto por sabias lecciones, pero con ciertos pasajes un tanto complejos para alguien de su edad. Son precisamente estos fragmentos los que él escucha con más atención, confiando en llenarlos de significado algún día.

A eso de las once de la noche, ella se incorpora y coloca sobre el sofá una almohada y el edredón con el estampado de una Barbie vestida con tutú y zapatillas de ballet. Le dice que de ninguna manera permitirá que vuelva a cruzar el puente a pie en medio de una noche sin alumbrado. Jorge no opone resistencia. Antes de que Eve termine de cepillarse los dientes, ya está acostado. Ella se acerca sigilosamente al sofá y sopla la llama de una vela cerca del muchacho. Al cuarto bufido, Jorge abre los ojos.

—No son velas de verdad. Van con baterías. Irán apagándose solas a lo largo de la noche.

—Ah… —suelta sin resuello, muy mareada—. Si es así, te deseo que descanses, querido mío. Y gracias por venir.

Gracias, gracias, gracias.

—Buenas noches, Eve. Hasta mañana.

Deja la puerta del cuarto entreabierta para poder observar a su huésped desde la cama. Le resulta conmovedora la imagen de su cuerpo recogido sobre los cojines del sofá y rodeado por puntos de luz que se extinguen como estrellas. El rumor de la respiración del joven la embelesa igual que el de los grillos invisibles en la noche. Eve sonríe porque se siente muy lejos de su apartamento y de su vida, como si estuviera de vacaciones en un bungaló de un paraje remoto..., ficticio. Le encantaría descubrir en qué está soñando su compañero de viaje.

Cierra los ojos y trata de imaginárselo.

La electricidad vuelve a medianoche, provocando que el salón se ilumine de golpe. Jorge, recién despierto, pega un grito al encontrar un ratón inquieto a escaso medio metro de su nariz. Se pone de pie sobre el sofá y le lanza la almohada para espantarlo.

—¡Eve! ¡Despierta! ¡Hay ratones!

Sale de la habitación con el pelo revuelto y sus dos mejores abrigos entre los brazos. Intercambia una rápida mirada de alarma con Jorge y, acto seguido, avanza hacia la cocina sin pronunciar palabra. El muchacho, todavía de pie sobre el sofá, la ve meter esos dos abrigos dentro del refrigerador.

—¿Se puede saber qué haces?

—Ayúdame a esconder todo lo de valor en la nevera —le pide, sofocada—. Es el único lugar al que esos bichos no pueden acceder.

El sonido del teléfono los sobresalta. Ella, indecisa, se acerca al aparato, extrañada de que alguien llame a esta hora tan avanzada de la noche.

La interlocutora informa que Jessie Friedman ha sufrido un ataque al corazón y se encuentra en la unidad de cuidados intensivos del Kindred Hospital Seattle.

Eve pide con amabilidad que se lo repitan.

—Un ataque al corazón.

Una vez más.

—Un ataque al corazón.

A continuación lo susurra para sus adentros.

—Un ataque al corazón.

Otro corazón tullido en la familia. Los corazones de los Friedman nunca han tenido buen sentido de la orientación. Todos sus parientes se han extraviado de un modo u otro por culpa de este músculo miope. Precisamente, Eve pasó treinta y seis años encerrada en casa de sus padres por miedo a dejar el corazón en libertad y que le jugase las malas pasadas que acababa de experimentar el pobre de su hermano. Él se enamoró de una mujer loca. Se casó con ella a sabiendas y se mantuvo a su lado a pesar de que lo engañase con otros, sufriese frecuentes desvaríos y hasta lo maltratase. Más tarde, los médicos vieron conveniente ingresarla en un psiquiátrico. Tras saber que ella se había suicidado, Jessie renunció a su empleo y a todo con tal de vivir en la misma ciudad de sus dos hijos, que para colmo heredaron el gen de la locura y se convirtieron en adultos crueles que no quisieron de él nada más que apropiarse hasta del último céntimo de sus ahorros. Con noventa y tres años, el hermano de Eve acaba de sufrir un ataque al corazón. Que esté en la unidad de cuidados intensivos implica que sus latidos persisten gracias a la acción de una máquina. Está claro que ninguno de sus hijos irá a visitarlo al hospital, que les queda a la vuelta de la esquina.

No lo harán.

Sin ya sentir su propio corazón, sigue susurrando una y otra vez la causa que ha tumbado a todos y cada uno de sus seres más queridos y que ahora amenaza con la estabilidad del último pilar sobre el que ella se sostiene.

—¿Qué pasa, Eve? ¿Quién es?

La voz de Jorge la reanima.

—En cuanto despierte, díganle que su hermana pequeña está de camino —concluye antes de colgar el teléfono.

Eve se quita los zapatos nada más tomar asiento. No llega al suelo, columpia las piernas con la inquietud propia de los momentos que anteceden al despegue. Al lado de las botas de nieve de Jorge, los pies descalzos de ella se ven tan pequeños como mariposas. Él le propone tomar una fotografía con el teléfono móvil. Ya le había advertido en más de una ocasión que, desde que el rostro se le cruzó de arrugas, se niega a posar, pero al tratarse de pies esta vez no opone resistencia. Los levantan para que los cuatro estén a la misma altura antes de que el flash inmortalice el primer recuerdo de ellos dos juntos.

En cuanto las ruedas del avión comienzan a rodar sobre la pista, Eve da un respingo. Se desabrocha temerariamente el cinturón para alcanzar las asas del bolso que reposa entre sus piernas. Saca del interior dos mascarillas desechables.

—He traído esto —dice, entregándole una.

—¿Para qué?

—Lo último que queremos es que algún pasajero enfermo nos contagie antes de llegar.

A Jorge le entra una risa nerviosa cuando ella se ajusta las bandas elásticas por detrás de la cabeza. La lámina rectangular de papel le cubre tres cuartas partes de la cara. Sus ojos azules son los únicos puntos reconocibles debajo de la encrespada melena blanca. Eve, que parece recién escapada de un quirófano, apremia a su acompañante a que también se tape la boca y la nariz antes de que tengan que lamentarlo. Los miembros de una familia sentada al otro lado del pasillo se han quedado perplejos. Los dos pequeños los miran con espanto, como si esta extraña pareja fuera el presagio de un accidente aéreo.

Durante las cinco horas de vuelo hacia la costa noroeste de los Estados Unidos, sincronizan películas en sus respectivas pantallas individuales. A medida que siguen las mismas escenas, se quitan los auriculares a cada poco para comentarlas.

—Lamentable.

—Sin duda.

Cuando se ilumina la señal que indica a los pasajeros que deben enderezar los asientos y abrocharse el cinturón, Eve decide que ya están fuera de peligro y se deshace de la mascarilla. Antes de que las ruedas del avión toquen tierra le dice a Jorge que le gustaría presentarle a Jessie.

Hacía doce días que no lo mencionaba. Desde la llamada telefónica en la que su amigo le comunicó que, en lugar de irse de vacaciones a Puerto Rico, había decidido invertir sus días libres y ahorros en acompañarla a Seattle, Eve se ha mantenido en tal estado de euforia que parecía haber olvidado el propósito del viaje.

—Pasearemos por el barrio universitario y visitaremos el Central Library, que es un edificio del que mucha gente habla —le dijo con entusiasmo tras pedirle, por si acaso, que le confirmase su intención de acompañarla—. Te enseñaré el primer Starbucks que se abrió en el mundo. Sé exactamente dónde se encuentra. ¿De verdad vas a venir conmigo? Estás loco… Si no llueve, también cogeremos un ferri para ir a ver las ballenas. ¿Quieres?

—Vale.

—¡No me lo puedo creer! ¡Nos lo pasaremos bomba!

El taxi enfila una calle concurrida al borde del puerto. Un transbordador entra en la bahía en el momento en el que Jorge se asoma por la ventanilla. Frente a él hay una fila de grúas con largas vigas inclinadas como cuellos de jirafas tristes. La cima nevada del monte Rainer se recorta en un horizonte melancólico. El taxi gira a la izquierda y toma una gran avenida que atraviesa el abarrotado centro de Seattle hasta dejarlo atrás. Se dirige al norte, casi en la periferia. Eve ha escogido el hotel en función de la distancia de la residencia de su hermano, que fue trasladado allí tras ser dado de alta en el hospital una semana atrás. El Nexus Hotel le pareció la opción más apropiada. Se encuentra frente a una autopista de seis carriles y a su alrededor cuenta con un McDonalds, un 7-Eleven, una gasolinera y pocos establecimientos más. Cuando se aproximan a la desangelada edificación de techo azul y fachada blanca con puertas amarillas, ya ha oscurecido. Hace frío y llovizna. Al salir del taxi, Eve abre el paraguas y extiende el brazo hasta cubrir a Jorge, que carga con las maletas.

Arrastran los pies hacia la entrada, cansados. Ha sido un viaje largo.

El dormitorio es grande, limpio, tiene televisor de pantalla plana y la calefacción está alta. El intenso olor a ambientador floral hace que intercambien un mohín. Tras abrir la ventana para que corra el aire, él coloca la maleta de Eve sobre la cómoda y le organiza la ropa en el armario mientras ella se cambia en el cuarto de baño. Al rato sale en camisón, pero todavía con el pintalabios puesto. Coge el bolso y saca del interior un envoltorio de plástico con un sándwich aplastado como la suela de un zapato.

—Debes de estar hambriento. Vamos a compartir esto.

Se sientan a los pies de la cama. Ella parte el sándwich en dos y le entrega una mitad. Ambos se pringan los dedos y la boca de mayonesa con el primer bocado. Eve intentó prepararlo igual a los que hizo Jorge el día después del huracán, pero al quinto mordisco confirma que se ha olvidado del pavo. Él se levanta para coger un rollo de papel higiénico del cuarto de baño. Corta dos trozos y se limpian.

Se siente cohibida de una forma extraña. Tiene la sensación de no saber relacionarse con su amigo en el nuevo escenario al que han ido a parar. Es como si, en este lugar alejado del mundo que habitualmente comparten, algo crucial se acabara de interponer entre ellos. ¿Qué es?

—Así que es verdad —dice tras tragar el último bocado—. Al final has venido.

—¿Esperabas que fuera a echarme atrás?

—Simplemente no me lo acababa de creer. —Le da unos golpecitos en la rodilla y se queda ensimismada, con los ojos recogidos en sus pensamientos. Le parece estar descubriendo que el sentimiento que la mantiene abrumada desde el aterrizaje es el de gratitud. Nunca dejará de sentirse en deuda con Jorge—. Estás loco, ¿lo sabes? —Un loco que camina feliz hacia lo desconocido, concreta para sí misma—. Será por eso que me gustaste desde el primer momento.

Al rato, el muchacho se pone en pie y se coloca el impermeable. Eve le ruega que se quede diez minutos más.

—Van a dar las once. Mi hostal está lejos.

—Diez minutos, por favor —insiste, sobreactuando la súplica al juntar las palmas de las manos frente al pecho.

Medio en broma. Completamente en serio—. Vamos a ver qué echan en la televisión.

Fue ella la que, sin que Jorge se lo hubiera planteado siquiera, le advirtió que no estaba dispuesta a compartir habitación de hotel. Igual que le pasa con el chocolate, piensa que una cama, sea del tamaño que sea, debería ser propiedad exclusiva de una única persona. No obstante, no había contemplado el factor miedo. La aterra quedarse sola. Aunque vive sin compañía desde hace casi medio siglo, cabe tener en cuenta que está a punto de encararse con la que posiblemente se convierta en la experiencia más lamentable de su vida.

Apenas se limpie el carmín, toda perspectiva de disfrutar de este viaje se desvanecerá. Ha venido a Seattle para despedirse de su hermano.

—De acuerdo —cede él mientras se desabotona el impermeable—. Diez minutos.

A la mañana siguiente, de camino a la residencia de ancianos, Eve no deja de hablar con el taxista. Le dice que, sin lugar a dudas, Nueva York es una ciudad mucho más soleada que Seattle. Le dice que, si alguna vez se plantea dar el salto, vaya a visitarla a la calle 9 con Broadway, pero que no se le ocurra hacerlo antes de mediodía. Le dice que suele desayunar un huevo duro, pero que hoy, además, también ha comido un plátano, tres lonchas de beicon frito y un bol lleno hasta arriba de muesli crujiente con virutas de chocolate. Le dice que le duele un poco la tripa, pero que, qué diablos, ha merecido la pena porque todo iba incluido en el precio. Le dice que está escribiendo un guion con su mejor amigo, que ha sido tan amable de venir con ella a Seattle y que ahora seguramente estará haciendo turismo por el *downtown*. Le dice que, si quiere que le diga la verdad, no tiene ningún color preferido porque todos le resultan evocadores... y hermosos, a su manera particular y según su función específica. Le dice que su apellido es hilarante: ¡Hombre frito! También le dice que ella suda muy poco, incluso en verano, a excepción de cuando habla por teléfono con su sobrina, cuyo timbre de voz tiene el efecto inmediato de provocar que se le humedezcan las axilas.

En definitiva, Eve no sabe bien lo que le dice al conductor, pero necesita hablar sin pausa para evitar ponerse nerviosa.

—Hemos llegado. Son quince dólares.

—También le interesará saber que odio la mostaza —añade con aliento entrecortado, forzándose a mantener los pensamientos lejos del paisaje.

La enfermera que hace también de recepcionista la guía por un ancho pasillo blanco hacia la habitación. Pasan de largo una puerta entreabierta que deja a la vista un salón con una congregación de ancianos de aspecto macilento. Llevan pijamas de colores crema y están sentados en sofás, mecedoras y sillas de ruedas. Nadie habla. La mitad del grupo duerme y la otra mitad tiene la cara vuelta hacia el televisor, que está a un volumen demasiado alto. Unos pasos más adelante hay un hombre en medio del pasillo que tiene la boca y la barbilla bañadas en saliva. Al cruzarse, le sonríe como si la conociera. O, peor aún, como si la tomara por una nueva residente y le estuviera dando su desdentada bienvenida.

Eve desea salir corriendo.

Pide a la recepcionista que la deje entrar sola en la habitación. La otra asiente y da media vuelta. Cuando las pisadas ya resuenan al fondo del pasillo, Eve todavía no ha girado el pomo de la puerta. Tarda en atreverse a derribar la frontera que separa a dos hermanos, héroes desde la infancia, transformados ahora en ruinas.

A pesar de la oscuridad, desde el umbral reconoce el cuerpo vuelto hacia la pared opuesta.

—Hola, Jessie. Mi querido Jessie… Buenos días, Jessie. ¿Qué tal estás? He llegado. ¡Oh! te he echado tanto de menos. ¿Hola? ¡Que estoy aquí!

Imposible despertarlo.

Piensa en descorrer las cortinas, abrir del todo las ventanas para que el nuevo día llene de luz el espacio y disuelva el hedor a hombre encerrado, pero le da miedo molestar al otro ocupante del cuarto. Se pasa la siguiente media hora sentada en la butaca que hay entre la cama de su hermano y la del desconocido que está cubierto con la sábana de pies a cabeza.

Jessie pronuncia su nombre y abre la palma de la mano. Eve se acerca muy poco a poco porque las piernas le tiemblan como juncos. Al alcanzar el borde de la cama, cinco dedos finos y cinco dedos gruesos se entrelazan entre sí hasta cerrar un nudo palpitante. El brillo en los ojos húmedos de ambos salpica la oscuridad como si fueran gatos en la noche.

—Al fin… —susurra ella.

—Al fin te has decidido a venir —matiza él.

Se inventa una excusa poco lograda para ausentarse de la habitación. Le urge reponerse a solas del impacto de la voz de su hermano, que ha sonado como si hubiese salido de un ataúd cerrado a cal y canto. Recorre el pasillo mirando en todas direcciones hasta que llega por casualidad al comedor cuando dos mujeres de la limpieza lo están recogiendo. Se acerca a ellas y, en vez de pedir consuelo, discute a voz en cuello hasta lograr hacerse con dos bandejas de comida recalentada.

En menos de diez minutos su hermano se ha vuelto a quedar dormido, pero esta vez le resulta fácil despertarlo. Le propone salir al patio.

—¡Hoy no llueve! —exclama con el ímpetu de una animadora.

A la luz del sol se queda sorprendida ante el cambio que ha sufrido Jessie en un año. No conserva ni un pelo en la cabeza, apenas puede abrir los ojos, su piel bien podría confundirse con cera derretida, está en los huesos, tan curvado como una caña de pescar inclinada por el peso de la presa...

—¡Pero qué bien te mantienes, Jessie! ¿Te gusta la sopa?

—No.

—Tienes razón. Está sosa. Al menos el muslito de pollo tiene buena pinta.

—No.

—¡No me digas que no te gusta el pollo!

—No.

De nuevo en la habitación, lo ayuda a acomodarse en la cama. Jessie le da la espalda y resopla agotado. Ella todavía no tiene intención de marcharse. Ha venido desde lejos para disfrutar por última vez de su compañía, y solo dispone de tres días. Piensa en algo bonito que decir, pero todo lo que se le ocurre es tan insípido como el pollo que acaban de comer o tan trágico como la muerte inminente. Se sienta junto a él. Casi le roza la pierna con una rodilla, no obstante evita tocarle. Teme que si lo hace se contagiará de su condición física y de su estado mental, y se siente mala y estúpida por cosechar este miedo.

Se aclara la garganta.

—*Heaven, I'm in heaven... And my heart beats so that I can hardly speak... And I seem to find the happiness I seek... When we're out together dancing cheek to cheek.*

Al oírla cantar *Cheek to cheek*, la espalda de Jessie se hincha como la vela de un barco que abandona el puerto. Eve, satisfecha ante los resultados, repite la misma estrofa de la canción porque ahora mismo no se acuerda de cómo sigue.

Sin darse la vuelta todavía, su hermano toma la palabra con un tono bajo pero, sin lugar a dudas, mejor afinado que el de ella.

—*It's heaven, I'm in heaven... And the cares that hung around me through the week... Seems to vanish like a gambler's lucky streak... When we're out together dancing cheek to cheek.*

Como por arte de magia, a Eve le viene a la memoria la siguiente frase.

—*Oh, I'd love to climb a mountain... and reach the highest peak.*

Jessie se da la vuelta para mirarla a los ojos con la misma fuerza hipnótica de antaño.

—*But it doesn't thrill me half as much... as dancing cheek to cheek.*

Ambos hermanos continúan al unísono hasta el final.

Tal y como habían convenido la noche anterior al despedirse, a las seis en punto de la tarde Jorge viene a recogerla al Nexus Hotel. Eve siente que ha pasado un maremoto, varios tornados y medio siglo desde la última vez que estuvo con él, por eso, después de abrazarlo, lo abraza de nuevo.

—Ya estás aquí —celebra, confiando en que él no note cómo se estremece—. Jorge, Jorge, Jorge —repite una y otra vez, dejando que ese nombre le baile dentro de la boca—, no sabes cuánto he pensado en ti.

En el vestíbulo, preguntan a la recepcionista si hay algún lugar por la zona para cenar algo que no sea comida rápida. Les menciona el Saffron Grill, un restaurante de cocina india y mediterránea ubicado a pocos pasos del hotel. De camino, Eve se limita a decir que espera que las zanahorias también crezcan en la India y a la orilla del Mediterráneo, porque de ahora en adelante es el único alimento que piensa ingerir.

—¿Solo zanahorias?

—Hay que cuidarse antes de que sea demasiado tarde, Jorge.

El local es tan amplio como un aparcamiento, está decorado de manera anodina. Apenas hay gente, pero es posible que sea porque todavía es pronto. Toman asiento al lado de una ventana con vistas a la autopista en su hora más frenética. Al igual que Eve, por el momento, Jorge tampoco habla. Se limita a manosear la servilleta y a observar la marcha fugaz de unos coches que, desde la distancia, parecen canicas que ruedan sobre un patio de cemento.

—¿Qué has hecho hoy? —rompe ella el silencio.

Le describe el itinerario que ha seguido durante el día: primero ha visitado el Pike Place Fish Market, luego ha caminado sin rumbo por las calles del Capitol Hill y ha acabado contemplando una vista panorámica de la ciudad desde el Kerry Park.

A Eve le hubiese gustado acompañarlo a estos lugares.

—¿Qué tal está tu hermano?

«Prácticamente muerto», es la primera respuesta que le viene a la cabeza.

—Completamente calvo —responde a la vez que se esconde detrás del menú plastificado.

El móvil de Jorge suena. Le dice que es su madre y se levanta de la silla prometiéndole que se ausentará por tan solo un minuto. Corre hasta el extremo opuesto del restaurante antes de descolgar el teléfono.

¿Por qué ha tenido que alejarse tanto?

Eve no entiende ni una palabra de español. Si quería hablar de asuntos privados, no era necesario que pusiera distancia de por medio. ¿Será que no se siente del todo cómodo a su lado? Lo oye reír una y otra vez..., una y otra vez. No hay sonido más vulgar que el de la risa ajena cuando el oyente está afligido. ¿Acaso la inoportuna de su madre es más graciosa que ella? Intenta recordar la última ocasión en la que consiguió provocarle una reacción similar. En su lugar le viene a la memoria la confidencia que le hizo acerca del motivo principal por el que se plantea volver a España.

La carcajada de ahora hace que ella tome en serio la amenaza de hace unas semanas.

Una camarera se presenta y le pregunta si ya ha decidido qué va a comer. Eve le responde que no está sola. Su compañero regresará de inmediato.

Le ha dicho que tardaría un minuto y ya han pasado, al menos, diez. Se nota las axilas húmedas. ¿Desde cuándo se suda en Seattle?

—Mi madre te manda un beso —le transmite Jorge cuando se sienta de nuevo a la mesa.

Eve ladea la cabeza, pero no responde.

Está habituada a llorar de noche, pero nunca entre paredes que dictan las reglas de la autopista. El paso trepidante de los coches le llega a los oídos con la electricidad propia de una tormenta de rayos y truenos. Tiene la sensación de que la habitación ha empequeñecido, la calefacción se ha estropeado y el ambientador desprende veneno. No puede parar de llorar porque sus propias lágrimas alimentan el llanto. Alterna posiciones a un ritmo frenético: rueda boca arriba, boca abajo y de medio lado, de un extremo al otro de la cama. Tiene que mantenerse en movimiento para ahuyentar a su propio cadáver, que esta noche acecha desde muy cerca.

La enfermera le advierte de que es probable que Jessie esté de mal humor ya que no ha dormido nada.

—Yo tampoco. ¿Será porque hubo luna llena?

—Desde anoche, y hasta hace tan solo un rato, ha gritado el nombre de sus hijos. Estaba convencido de que lo esperaban en la habitación de al lado para ir de picnic al parque.

Está despierto y con las pupilas dilatadas, aunque no reacciona a la presencia de Eve. Después de hablarle durante quince minutos sin obtener ni un gruñido por respuesta, descorre las cortinas. Primero se ve a sí misma en el cristal de la ventana; el reflejo aparece agujereado como si sobre su rostro hubiera granizado. Se da la vuelta y encuentra los ojos enloquecidos de su hermano, que se mantiene impertérrito ante el cambio de iluminación. En la otra cama, unos pies se asoman por debajo de la sábana extendida sobre un bulto que Eve todavía no ha visto moverse. Vuelve a correr las cortinas, espantada.

De nuevo sumida en la —ahora reconfortante— oscuridad de la habitación, se sienta al lado de Jessie y le toca el brazo con la mano, aunque preferiría evitar el contacto. A pesar de que los dientes le castañetean, inicia una sonrisa con la que pretende transmitir esperanza.

—Tú y yo nos vamos a reír mucho cuando todo esto haya pasado, Jessie. Te prometo que, tarde o temprano, se nos concederá la oportunidad de mirar atrás y tomarnos a broma este último trance que nos está exprimiendo. Como me has dicho siempre, no hay alivio más noble que la risa. Merecemos reírnos de nuestra peor versión.

Jessie presta atención, pero pone cara de no comprender sus antiguas palabras.

—Estamos solos —declara con esa voz que parece encerrada en un ataúd—. No tenemos a nadie. Ni siquiera nos tenemos ya a nosotros mismos.

Le suelta el brazo con un movimiento reflejo, como si hubiera estado acariciando una barra de hierro incandescente. Es la primera vez que percibe a su querido hermano como una amenaza de la que debe protegerse para poder sobrevivir. Jessie Friedman ya ha tirado la toalla; Eve Friedman no va a permitir que la arrastre consigo.

Ha echado tanto de menos a Jorge a lo largo del día que hoy ha regresado al hotel dos horas antes que ayer, como si así pudiese verlo antes. Lleva rato sentada de cara a la puerta de la habitación con el abrigo puesto y el pañuelo ruso alrededor de la cabeza. Todavía faltan veinte minutos para las seis, pero no descarta la posibilidad de que él también la eche tanto de menos que no tenga paciencia para esperar hasta la hora acordada.

Ahora mismo, Jorge representa la antítesis de su hermano, y la balanza se inclina con una lógica natural hacia el extremo donde se ubica el peso de la vida. Hay un millón de motivos para pensar en cosas tristes, por eso Eve se aferra en cuerpo y alma a la única ilusión que le queda: que él la lleve a cenar.

Son las seis menos diez.

Se deja el flequillo suelto por fuera de la *babushka*. Cierra los ojos y frunce los labios como si degustara un caramelo.

Está tratando de recrear algún paisaje ruso, como su pañuelo, pero su lugar lo ocupa una imagen llena de playa y sol: la cara de Jorge recién afeitada. Eve tuerce los labios, como si desplazara el caramelo hacia el otro lado del paladar. ¿Sufrirá él también un cambio físico tan brutal como el de su hermano? Se atraganta al imaginar que el rostro de Jorge pueda acabar teniendo el aspecto del de su hermano. Se lleva las manos a las sienes y no tarda en desviar la dirección de sus pensamientos. Está tan contenta de que la haya acompañado a Seattle… Le gustaría proponerle ir juntos a Rusia. Todavía recuerda cuando se compró el pañuelo, a los dos días de llegar, y tras un ensayo con la compañía que iba a representar *Teibele and Her Demon*. Volvía al hotel con las manos en los bolsillos y cuidando de no resbalar en el asfalto helado cuando empezó a nevar. Era una nieve fina, casi imperceptible, que sin embargo le llenaba el pelo de joyas brillantes y húmedas. Fue entonces cuando lo vio: lo vendía una mujer en un portal, pañuelos, paraguas y dulces. Le gustó que el pañuelo fuera como una llama y lo pagó sin regatear. Le gustaría volver a ser joven y que Jorge la acompañara a todos esos viajes que hizo en soledad.

Las seis menos cinco.

¿Cómo se conocieron? El primer recuerdo que conserva es sentados en el banco de madera. ¿De qué modo llegaron hasta allí? No es capaz de rebobinar más atrás de ese punto. ¿Acaso él llevaba días esperándola en el patio interior del edificio? ¿Llovió del cielo? ¿Brotó de la tierra como el tallo de una planta? Se desabrocha el abrigo porque la calefacción está al máximo y no hay quien lo soporte. Comprueba que el flequillo se mantiene hacia un lado, creando esa onda de la que se siente tan orgullosa porque le da un aire desenfadado. Mete un brazo por el cuello del jersey y se acaricia las axilas. Bien: están secas.

Desea que Jorge le cuente, paso a paso y con todo lujo de detalles, los lugares que ha visitado.

Las seis.

Se levanta de la silla con la puntualidad del pájaro de un reloj de cuco. De pronto le ha surgido la duda de si se ha pintado los labios o no. Una vez frente al espejo del baño, ve que sí. No recuerda el momento exacto, pero está claro que ya lo ha hecho, y divinamente, por cierto. Deshace el nudo del pañuelo para colocárselo mejor.

¡Pero bueno! Su pelo se ha vuelto… ¿amarillo?

Será por la luz. Se pasa los dedos a modo de peine. Uy. El tacto da grima.

¿Cuándo fue la última vez que se lo lavó? De hecho, ¿cuándo fue la última vez que se duchó? Se gira hacia la bañera que tiene a la derecha y un escalofrío le desciende por la nuca como un chorro de agua helada. Tiene un aspecto clavado a la de su casa. No metería un solo pie dentro ni aunque le ofrecieran a cambio diez tabletas de chocolate. Abre un pequeño frasco de colonia que hay junto al jabón y se vierte el líquido sobre la pechera, el cuello y las muñecas. Para terminar, se cubre el cabello con la *babushka* sin permitir que su onda más preciada le cuelgue sobre la frente.

Irá a la piscina en cuanto pise Manhattan.

Las seis y cinco.

Se abotona de nuevo el abrigo para no perder tiempo cuando él llegue. Jorge nunca se ha retrasado. Qué raro… Toma asiento, esforzándose por mantener la calma. El estómago es la primera parte de sí que protesta en voz alta. Esta vez no piensa pedir zanahorias. Pueden aportar muchos nutrientes y hasta postergar la muerte, pero a la mañana siguiente llega con tanta hambre al desayuno que arrasa con el bufé, y eso que sabe perfectamente que no es bueno para la digestión. ¿Pero dónde está Jorge? El estómago ya no es el único que está enfadado. Su piel suda, el pulso la golpea como un boxeador en pleno combate, la columna vertebral no soporta más el respaldo de esta silla y el corazón le late por todo el cuerpo. ¿Qué hora es?

Las seis y diez.

Piensa en la nacionalidad del muchacho, en su madre —graciosa, ¡tronchante!—, en su juventud, en el poco tiempo libre del que dispone, en la independencia y dedicación que exigen sus ambiciones profesionales, en el agotador trabajo de camarero que le ocupa seis días de la semana, en su exploración en torno a esa idea un tanto ambigua que se ha forjado sobre el amor, en la impulsividad con la que toma las decisiones más importantes, en el guion fantasma que no escriben y en Puerto Rico.

«¿Qué estoy esperando?», se pregunta en un repentino brote de lucidez, «¿Qué espero de alguien que tiene diez razones para abandonarme?».

A las seis y cuarto el eco de la voz cascada de su hermano no deja de repetirle lo que acaba de convertirse en una verdad irrefutable: Estamos solos. No tenemos a nadie. Ni siquiera nos tenemos ya a nosotros mismos.

Golpean la puerta.

Eligen el mismo restaurante y la misma mesa que ayer. Llevan al menos diez minutos en silencio. Todo está resultando tenso desde que se han reencontrado. Eve no le ha devuelto el beso de bienvenida y, en cuanto han salido del hotel, se ha encargado de enfatizar su decepción: ¡Inmensa! Jorge le ha explicado que se ha pasado el día en el barrio de Fremont, y que desde allí no ha encontrado ninguna línea de bus que conectara con esta zona de las afueras. Ha tenido que volver a la estación de autobuses del *downtown*, por eso ha llegado veinte minutos tarde. Al ver que Eve no entraba en razón, también le ha recordado que no conoce Seattle y que no es tan grave perderse, teniendo en cuenta que el hotel en el que se aloja está en el quinto pino. Antes de que la camarera tomara nota del pedido, Jorge ha terminado por asumir la culpa que su acompañante está empeñada en arrojarle encima. Le ha pedido perdón. Aun así, Eve ha seguido haciendo oídos sordos.

Nada parece suficiente para conseguir que hoy deje de sentirse una vieja huérfana, estéril e impar.

—¿Qué te has comprado? —pregunta, señalando la bolsa hinchada que él tiene cerca de los pies.

Tan pronto Jorge extiende frente a ella una rebeca bombacha de lana color verde pino, Eve se retrepa y frunce el ceño.

—Es de un verde ridículo. ¿No te has dado cuenta?

La camarera deja los dos platos sobre la mesa.

—¿De verdad necesitas tener en tu armario una chaqueta así? ¡Pero si duele mirarla! —insiste antes de que la chica les desee buen provecho.

—¿Preparáis margaritas? —pregunta Jorge tras lanzar la prenda dentro de la bolsa de papel.

—Sí. Y todavía estamos en *happy hour*, la segunda te saldría a mitad de precio.

—Fantástico.

Coge el sándwich de pan de pita con las manos y le da un mordisco, ignorando a la atacante insaciable que acecha a poca distancia.

—¿Cuánto te ha costado?

—¿No decías que estabas hambrienta? —replica con la boca llena.

—Trabajas casi todos los días de la semana en una profesión que no te gusta y luego te vas gastando el dinero en caprichos que ni siquiera son bonitos. Tu deber es ahorrar hasta poder permitirte no hacer nada más que escribir.

Con los codos apoyados sobre la mesa, Jorge ni tan siquiera eleva la mirada del plato. En cuanto le traen la bebida, da un trago larguísimo que rebaja el contenido del vaso casi a la mitad. Al dejarlo sobre la mesa, Eve interviene de nuevo:

—¿Ya lo notas?

—¿El qué? —replica irritado pero sin subir la voz.

—El alcohol.

—Claro que no. Solo le he dado un sorbo.

—¿Cuántos necesitas para estar borracho?

—Deja que lo compruebe —dice, dando otro trago igual de largo.

—¿Por qué quieres emborracharte?

—Porque de lo contrario voy a salir corriendo.

El silencio podría haberse extendido hasta el postre si no llega a ser por los timbrazos del teléfono móvil de Jorge. Lo saca del bolsillo y, a diferencia del día anterior, esta vez no atiende la llamada. Lo silencia y vuelve a esconderlo.

—¿Quién era?

—Mi madre.

—¿Cuál crees que es su problema?

—¿El problema de quién?

—De tu madre. —Jorge la mira interrogativo. Ella decide explayarse—: Te llama todos los días. Algo debe de fallar en su vida personal para que tenga una dependencia de ti tan atosigante. ¿Qué crees que la convierte en una infeliz?

Jorge suelta el sándwich y las rodajas de tomate salen disparadas sobre el plato por el impacto. La vena lateral del cuello se le hincha como una serpiente que acabara de engullir un conejo. Eve ve claro lo que ocurrirá a continuación: la dejará sola para siempre. Optará por ponerse de parte de la mujer que le concedió la vida. Pues bien, que regrese cuanto antes con ella. Sabe que solo existe una cosa peor a que la abandone ahora; que lo haga en unos meses. Entonces, su sufrimiento ya podría rebasar unos límites inaguantables. Hoy todavía se siente capaz de reponerse de la pérdida de su única ilusión.

—¿Qué te pasa hoy, Eve?

Debería haber salido de la cama hace cuarenta minutos, pero Eve no se explica lo que le pasa hoy. La luz del sol ha ocupado todos los recovecos de la habitación. Hasta al durmiente de sueño más profundo le resultaría imposible ignorar el ruido del tráfico a estas horas de la mañana. El servicio de desayuno termina en breve y el taxi que tiene concertado estacionará de un momento a otro frente a la entrada del hotel. Cualquiera que la viese inmóvil bajo las sábanas pensaría que se ha quedado dormida. Por desgracia, la verdad no se corresponde con esta idónea justificación. Eve no ha pegado ojo desde que pisó el Nexus Hotel. Finge estar dormida para disimular ante sí misma la plena consciencia con la que se resiste a apoyar los pies sobre el suelo.

La mujer de la limpieza entra sin llamar a la puerta. Eve emite un gruñido. La mujer de la limpieza sale sin disculparse.

Una mosca de alas amarillentas, casi doradas, revolotea por la habitación. Observa con ojos de extraterrestre la cordillera que forman las sábanas. Deposita las patas traseras sobre uno de los picos más altos, correspondiente a un seno. Se frota las delanteras como si estuviese tramando una gamberrada a medida que observa el rostro que tiene enfrente. Tras reponer fuerzas, la mosca retoma el vuelo, agitando con frenesí unas alas ridículas. Merodea en torno a la cara de Eve hasta descender en picado hacia la punta torcida de su nariz antes de cambiar de ruta en el último momento.

Hay una mosca sobre el ojo de Eve.

Hay una mosca en todos y cada uno de los poros de su piel.

Hay cien moscas zumbando dentro y fuera de su féretro.

La luz ha cambiado hasta tal extremo que la habitación parece un dibujo trazado por otra mano. Eve sigue «dormida». No tiene la más remota idea de cuánto tiempo lleva así, aquí. Si ya hubiese pasado la hora de comer, el quejica de su estómago se lo hubiera hecho notar. También cabe la posibilidad de que se haya ausentado, igual que los músculos, el cerebro y los otros elementos que la constituyen. No hay ni rastro de Eve sobre este colchón de paso, aparte de su pelo, algo más amarillento que ayer, casi dorado.

Está colgada de una percha en un vestidor lleno de ratones. Encerrada en el congelador de su nevera. Está en el armario de la basura de la cuarta planta. Está en un ataúd junto al de su hermano. A pesar de la proximidad de sus cuerpos, las tablas arañadas impiden que puedan tomarse de la mano. Está muerta, pero consciente y con los pulmones llenos de aire.

Está en la misma ciudad que Jessie, pero sin él.

Llaman a la puerta. Solo puede ser Jorge que viene a buscarla. No hay marcha atrás. Es hora de cenar y no se ha despedido de su hermano. Lo más probable es que no lo vuelva a ver nunca más. Aparta las sábanas y se incorpora.

—Adelante —dice, mareada ante el brusco cambio de perspectiva.

Jorge reacciona como ante un susto al encontrarla en camisón, con las manos apoyadas contra la pared y las mejillas surcadas por los pliegues de la almohada.

—¿Te acabas de despertar? —pregunta, consultando la hora en el teléfono móvil.

Decir que sí es reconocerse culpable del crimen más despiadado. Decir que no, ponerse en evidencia ante el montón de pruebas que demuestran lo contrario.

—No deberías haber venido a Seattle —murmura en lugar de responder a la pregunta—. Ha sido una tontería malgastar tus ahorros en esto.

Aunque no desvía los ojos del suelo, Eve es consciente de la distancia a la que Jorge se mantiene. No oye ninguna pisada que indique que su compañero de viaje se está acercando. Ni siquiera prueba a decir algo para consolarla. Por primera vez, entrevé la condena a la que esta relación precaria queda inevitablemente sentenciada: La distancia que los separa es un abismo por el que, tarde o temprano, caerán en picado.

—No eres más que un crío —dice con un tono imposible de oír.

—Vístete, Eve. Vamos a cenar —la anima desde el umbral de la habitación.

—Prefiero que te vayas. No tengo hambre.

Jorge hace amago de hablar, pero no habla. Hace amago de moverse, pero no se mueve.

—¡¡Vete ya!! —gruñe, tomando prestada la horrible voz de Jessie.

Durante la última noche en el Nexus Hotel, proyecta un recuerdo nítido sobre el techo blanco, llenándolo de color.

Jessie irrumpe en el apartamento de sus padres. Tiene la edad de Jorge y se presenta con una venda en la cabeza y un vino caro en la mano. Los tres lo rodean, alarmados. Explica que el vendaje es mucho más aparatoso que el rasguño que esconde. Se lo hizo montando las estanterías de casa. Un golpe torpe, asegura. Nada más.

La madre añade otro plato sopero a la mesa. El padre descorcha el vino antes de que la cena esté servida. Eve no se aparta de su lado.

Con Jessie, las cenas familiares son infinitamente más entretenidas. Los padres no dejan de rememorar anécdotas de cuando él era un niño demasiado espabilado, y las cuentan con un agudo sentido del humor. Eve presta atención a las historias que se van hilvanando entre cucharadas y sorbos de ese vino cuya discreta fragancia le provoca náuseas. Oír decir que su hermano fue un crío le suena a ciencia ficción. Jessie Friedman siempre será para ella una torre de espaldas anchas, de voz suave y de mente prodigiosa.

Cuando Jessie anuncia que se quedará a dormir en casa, ella no puede contenerse. Salta por el comedor como si, en vez de quince años, no hubiera cumplido los seis. Ayuda a su madre a extender las sábanas limpias sobre la otra cama que hay en su habitación. Entretanto, él recupera del armario un pijama viejo.

—Buenas noches, chicos —se despiden sus padres desde el marco de la puerta.

Una vez solos y a oscuras, ella alza la voz lo justo para que no la oiga nadie más que su hermano, a metro y medio de distancia, con el que siempre ha compartido secretos.

—El tajo en la frente no te lo has hecho con las estanterías, ¿verdad, Jessie? Ha vuelto a ser ella.

—Sí —confiesa con ese tono avergonzado que ya le ha descubierto en ocasiones parecidas.

—¿¡Pero por qué te hace daño!? —lamenta, alzándose sobre la almohada con tanta rabia como un perro.

—Shhhh. Baja el volumen o te oirán.

Eve sale de la cama para tumbarse en la que ocupa él. Casi ha crecido todo lo que va a crecer y su hermano sigue sacándole dos cabezas. Esta diferencia de altura permite que siga relacionándose con él como una niña. Apoya la mejilla en su fornido torso y acaricia la venda para palpar la magnitud de la herida.

—¿Por qué lo permites, Jessie?

Tarda en contestar. Le peina el cabello con las yemas de los dedos.

—Soy la única persona que tiene en este mundo, Eve. A diferencia de nosotros dos, no tiene a nadie. Si no me hiciese daño a mí, se lo estaría haciendo a ella misma, y no lo voy a permitir mientras siga siendo mi esposa.

—La odio.

Jessie atraviesa a su hermana con una mirada afilada que la empequeñece hasta hacerla sentirse diminuta.

—Te prohíbo que odies, y mucho menos a la mujer que amo. —Ella esconde el rostro, como si se negara a retirar lo dicho—. Con el tiempo aprenderás a abrir tu mente.

—¿Abrir mi mente? ¿Qué quieres decir?

—Entender a los demás. A todos, no solo a los que se asemejan a nosotros. Hay gente que tiene la mala fortuna de nacer enfadada… y les toca pagar por ello un precio elevadísimo. Créeme, pequeña.

Las lágrimas de frustración de Eve atraviesan el pijama de su hermano hasta humedecer la piel que le protege el corazón, todavía sano por aquel entonces. No es capaz de comprender su extraordinaria generosidad. Si ella fuese él, disfrutaría estampando una sartén en la cara de esa golfa desquiciada.

Ahora, en la habitación del Hotel Nexus, Eve se pone boca abajo y ahoga un grito contra la almohada. Patalea como una quinceañera a la que su hermano saca dos cabezas de altura y años luz de sabiduría.

Es temprano, pero no dispone de tiempo que perder. La apacigua pensar que en poco más de ocho horas estará entrando en su apartamento del Village. Tiene la intuición de que, en cuanto oiga el crujido del viejo parqué, será capaz de olvidar estos últimos tres días y volver a la rutina a la que está habituada, que ahora se le antoja un cuento de hadas. Lleva veinte minutos arrodillada encima de la maleta porque la cremallera se le resiste. Al final se rinde, de lo contrario se quedará sin tiempo para pasarse el hilo dental.

Seguro que Jorge, que está al llegar, sabrá hacerlo sin esfuerzo.

Cuando él llama a la puerta, Eve dice desde el cuarto de baño que adelante. Sonríe al oírle entrar porque esto significa que se hallan un paso más cerca de casa. Con el hilo entre las muelas de más difícil alcance, le pide si sería tan amable de cerrar la maleta que está en el suelo. Él no responde, pero a juzgar por los sonidos que llegan a los oídos de Eve, no tarda en ponerse manos a la obra. Se enjuaga y, tras aplicarse el pintalabios, sale del cuarto de baño lista para partir.

—¿¡Qué es esto!?

Jorge lo pregunta como si hubiera encontrado un cadáver plegado entre sus pertenencias. Eve nunca le había visto una expresión tan arisca. Tiene todos los músculos faciales en tensión y los ojos feos como nunca antes los ha tenido. La maleta está abierta y con el índice señala el interior. Eve no entiende esta reacción desmesurada tan solo por culpa de…

—Unos *snacks* —responde, encogiéndose de hombros.

—¿Unos *snacks*? —repite, incrédulo—. ¡Llevas todo el bufete del desayuno en la maleta!

Ha llegado desprovisto de la paciencia que lo caracteriza. Deberían ponerse en camino hacia el aeropuerto, pero siguen discutiendo. Él insiste en que no van a llevar toda esta comida al otro extremo del continente. Ella se empeña en que tiene derecho porque el desayuno va incluido en el precio. Jorge no deja de moverse de un lado a otro. Hace aspavientos y escupe las palabras. Cuando está a punto de perder los estribos, cierra de pronto la boca y desvía la mirada de Eve. Respira hondo una, dos y tres veces seguidas, hasta que se agacha dócilmente frente a la maleta.

Se detienen en recepción para que Eve pague la estancia. Las pupilas de Jorge se dilatan al toparse con la cifra que aparece en la factura. Mientras busca la cartera en el bolso, Eve dice:

—Jorge… He estado pensando en la cena de anteayer. —Él espera expectante la continuación de la frase, como si fuera a ser suficiente para serenarlo—. Tú te tomaste dos margaritas y yo agua de grifo, aun así dividimos el total a partes iguales, ¿te acuerdas? Para que quedemos en paz, deberías pagar el taxi al aeropuerto. —Coloca la tarjeta de crédito sobre el mostrador y la desliza hacia el hombre uniformado—. ¿Estás de acuerdo?

Al hacerse con la tarjeta, el recepcionista afirma repetidas veces con la cabeza, como si la pregunta fuera dirigida a él.

—¡¡No!! —exclama Jorge al tiempo que deja caer las dos maletas al suelo.

Casi todas las personas dispersas por el hall se giran con movimientos bruscos, como si hubiera estallado la enorme lámpara de cristal que cuelga sobre sus cabezas.

—He venido hasta aquí para hacerte un favor... ¡Por compasión! No parabas de repetirme cuánto miedo te daba hacer este viaje sola. Me manipulaste para que me sintiera obligado a acompañarte. Y, una vez aquí, no has tenido el detalle de invitarme ni a un café. Aunque no me lo hayas preguntado, te interesará saber que me he hospedado en el peor hostal de Seattle, el único que me he podido permitir. He tenido que compartir habitación con seis hombres que roncaban y que apestaban a pies. Me he leído dos libros en tres días porque no tenía *nada* que hacer en esta ciudad de mierda en la que no deja de llover. Llegar desde mi hostal asqueroso a tu hotel de trescientos dólares la noche me llevaba hora y media de ida, y lo mismo de vuelta. Y total, ¿para qué? ¿Para que me trates como a un auténtico incordio? ¿Para que llames desgraciada a mi madre? ¿Para que me eches de tu habitación a gritos? ¡Han sido las peores vacaciones de mi vida!

En lugar de defenderse o de contraatacar, Eve se apresura en disimular su conmoción respaldándose en la indiferencia total del recepcionista.

—Al menos él lo puede llamar vacaciones —le confía, fingiendo hablar con un viejo camarada.

El otro le devuelve la tarjeta de crédito afirmando de nuevo con la cabeza.

Tan pronto como toman asiento, Jorge se incrusta los auriculares en los oídos y enciende la pantalla. Ella se desabrocha el cinturón y se levanta apenas se apagan las luces del avión que lo prohíben.

Recorre el estrecho pasillo una vez tras otra, como si tuviera que hacer pis y no encontrase los servicios. Al poco, saca la lengua a los más pequeños, regala piropos a las azafatas embutidas en uniformes ajustados y cuenta batallas del pasado a todo aquel que le mantenga la mirada. Eve va en busca del consuelo, gratificante pero efímero, que le proporciona la amabilidad de los desconocidos. Parece que su carcajada constante salga proyectada por cada uno de los altavoces distribuidos a lo largo y ancho del avión. Esta abundancia de interacción es la única estrategia que se le ocurre para ahuyentar el daño que le ha causado oír a Jorge confesar que está con ella por compasión. ¿Qué es la compasión, si no ausencia de amor sincero?

Jorge no deja de lanzarle miradas tensas. A cada poco se recoloca sobre el asiento y niega con la cabeza para sí. Ha empezado cuatro películas distintas y no ha pasado del décimo minuto de ninguna de ellas. Prueba a descansar, pero también le resulta imposible. La caza de amigos de Eve lo mantiene alerta. Sigue los pasos de ella a la vez que se muerde las uñas hasta despellejarse los contornos. Ahora mismo Jorge no es más que un alma traicionada que observa a la responsable de su aflicción danzar alegre y en compañía.

Cuando el avión va a iniciar el descenso, ambos, sin más remedio que estar juntos otra vez, se abrochan el cinturón y se agarran a los reposabrazos con mucha fuerza, como si compartieran la misma fobia a este particular aterrizaje de alto riesgo.

VI

La concurrida sala de espera está adornada con guirnaldas y cajas envueltas en papel de regalo. Eve se hizo el TAC a los pocos días de volver de Seattle y hoy ha regresado a un lugar en el que los villancicos deberían estar prohibidos. Se siente muy confundida porque no sabe qué diagnóstico desear. Si le dicen que tiene un tumor en la cabeza significará que puede estar enferma de cáncer. Si, por el contrario, no han encontrado ningún bulto que le oprima el cerebro, entonces significará que está enferma de alzhéimer. Ella hubiese preferido no meterse en ese tubo claustrofóbico que la semana pasada la bombardeó con rayos X, pero no tuvo elección. Se arrepiente del día que mencionó a la doctora de cabecera que había olvidado el código postal de casa.

—¿Evelyn Friedman? —La enfermera luce un moño alto, collar de bisutería y tanto colorete en las mejillas que ella misma podría considerarse el adorno navideño más acertado de la sala—. Acompáñeme, por favor.

Las líneas de la cara del médico dibujan un complejo mapa de carreteras con curvas de lo más peligrosas. Tiene los párpados hinchados, dos papadas que le cuelgan, temblorosas, debajo de la barbilla, y un flequillo húmedo que se le pega a la frente. Eve ha cogido cierto cariño a este profesional desaliñado que parece que acabe de salir de una taberna. Tan solo intercambiaron unas pocas palabras la semana pasada, pero piensa que cuanta más simpatía sienta hacia el robusto neurólogo, menos agresiva sonará la valoración que, con la boca entreabierta frente a la imagen radiográfica, está a punto de pronunciar.

—Su cerebro se encuentra perfectamente.

—¡Oh, no! —lamenta, cubriéndose la boca con ambas manos—. ¡Oh, Dios mío! ¡Dios mío! ¡Eso es terrible! —Eve está dispuesta a seguir desgañitándose hasta perder la voz, tirarse al suelo y arrancarse el pelo sin piedad. No obstante, el sosiego imperturbable del hombre la refrena—. ¿Verdad que sí?

—Yo diría que no.

—Pero entonces tengo alzhéimer, ¿no es cierto, doctor?

Vacila antes de responder. Se coloca las gafas que le colgaban sobre el pecho atadas a un cordón de cuero, coge una pluma y redacta la prescripción.

—Va a empezar a tomar estas pastillas para que, tenga lo que tenga, de momento no tenga que preocuparse por nada —dice con los ojos fijos en el papel.

Eve hace mucho ruido al recolocarse sobre el asiento con el abrigo hecho un guiñapo entre los brazos. No le complace en absoluto el antídoto que propone. Todo el mundo sabe que los grandes males no se curan con simples pastillas.

—¿Cómo no me voy a preocupar? ¡Soy dramaturga!

—En ese caso su deber es seguir escribiendo.

—¡Para eso necesito la cabeza! —protesta, obstinada.

—No se preocupe por ella, Miss Friedman. Yo todavía se la veo… ahí, encima del cuello.

Eve rompe en una carcajada desinhibida, dejándose llevar por esa oportuna frivolidad.

—¿Qué es lo que me pasa, doctor? —pregunta con el ceño fruncido en cuanto recupera su hondo desasosiego—. ¿Qué es lo que me va a pasar?

Él apoya los codos sobre la amplia mesa que los separa. Las tres barbillas del doctor se amontonan, una detrás de la otra, sobre sus puños cerrados. La mira por encima de las gruesas gafas, que cada vez están más cerca de la punta de su nariz. De pronto, de su aspecto dejado brota el aura de un sabio. Ella no se mueve, ni siquiera pestañea. Está dispuesta a absorber hasta la última gota del significado que contengan sus próximas palabras.

—«Qué es lo que me pasa» es una buena pregunta, y muy útil. La animo a que se la plantee con frecuencia. Como mínimo dos veces al día. Por la mañana y por la noche, a poder ser. Sepa que la respuesta dependerá solo de usted, Miss Friedman, del empeño que ponga en llenar su día a día con las personas con las que más disfruta y con las actividades que le resultan más placenteras y satisfactorias. Ahora bien, evite hacerse la segunda pregunta porque le anticipo que no existe ser humano en este mundo capaz de revelarle qué es lo que le va a pasar. Y si encuentra a alguien que se lo dice, ya sea médico o no, ya sea de confianza o un total desconocido, evite prestarle atención porque la estará manipulando.

Por la noche tiene la siguiente pesadilla: se ve a sí misma perdida en un bosque lleno de ramas, aullidos y sombras. No sabe cómo ha llegado hasta allí. Busca desesperadamente a su hermano y a Jorge porque son las únicas personas con las que disfruta, pero sobre el suelo embarrado que pisa no hay más huellas que las que ella deja impresas a su espalda. Está en camisón, descalza y asustada. No para de preguntarse qué es lo que le va a pasar, qué es lo que le va a pasar…

—¿Qué es lo que me va a pasar? —bisbisea, dormida.

De pronto, mira a su alrededor con detenimiento y se percata de la asombrosa particularidad que encierra este bosque. Ninguno de los árboles que la rodean tiene hojas, su lugar está ocupado por pequeños pájaros negros que permanecen inmóviles como gárgolas. Sus patitas están bien amarradas a las estrechas ramas, que crecen retorcidas. Eve se aproxima a un árbol cualquiera para cerciorarse de si estos seres de alas inútiles están vivos o son cadáveres.

No solo corrobora que viven, sino que también hablan con voz de anciano aterrado. Todos ellos repiten en concierto la misma advertencia:

—¡Agárrate a esto porque no hay nada más!

Se masajea el cráneo con las yemas de los dedos, manteniendo los párpados cerrados para evitar el champú en los ojos. La espuma se expande sobre la cabeza a borbotones hasta cubrirle también la frente y los hombros. Siente un cosquilleo en los oídos que le hace pensar en el resuello del mar dentro de una caracola. Lavarse el pelo es un placer del que le gustaría disfrutar a diario. A todas horas, si fuese posible. Hasta hace cosa de un año, tenía la costumbre de ir una vez al mes a una peluquería cerca de casa, donde le daban unos masajes de al menos veinte minutos que le dejaban los pezones en punta, y después le teñían las canas, y —para acabar— todos los empleados le repetían lo estupenda que había quedado. Pero eso ya pasó a la historia porque un buen día Eve se miró al espejo y asimiló que seguir siendo castaña tirando a rubia era un capricho cada vez más cansino.

Abre el grifo para aclararse el pelo y, todavía con los ojos cerrados, se imagina a sí misma desapareciendo por el desagüe dentro de una pompa de jabón.

A la salida, el joven recepcionista que está detrás del mostrador la detiene para informarle con una sonrisa inexpresiva que, a partir del 24 de diciembre, van a cerrar temporalmente el centro deportivo por reformas. Eve se aparta de los ojos un mechón reluciente y le dedica una mueca un tanto confundida. No han hecho nada similar en los siete años que lleva de socia. ¿Y qué querrá decir con lo de «temporalmente»? ¿Horas? ¿Días? ¿Semanas? El otro le entrega un folleto donde se explica en detalle cada una de las mejoras que se van a llevar a cabo en el Health & Racquet Club.

—¿Por cuánto tiempo? —pregunta sin prestar atención a la cuartilla—. ¿Durante las fiestas?

Dentro de lo que cabe, no sería tan grave pasar las navidades en seco. No ha hecho planes para encontrarse con nadie.

—Volveremos a abrir las puertas al público a partir de abril, aproximadamente.

—¿¡Qué!?

Pasar cuatro meses sin lavarse sí que sería grave. Gravísimo.

Una brisa gélida barre su expresión asustada y la transforma, con el primer soplo, en una de total agonía. No ha salido preparada para este imprevisto. Ni siquiera lleva los guantes puestos, por eso nota cada vez más entumecidas las manos con las que empuja el carrito por Cooper Square. Las lágrimas que le saltan de los ojos se le clavan en las mejillas como chinchetas. Todo el cuerpo le tiembla y le castañetean los dientes. Todavía tiene por delante tres manzanas hasta casa. Se esfuerza en balde por aligerar el paso. Ningún viandante del entorno la acompaña en este sufrimiento. Pasean con gafas de sol, las chaquetas desabotonadas y sin echar de menos unas buenas bufandas de lana gruesa alrededor del cuello.

Mientras espera frente a un paso de peatones a que la luz del semáforo cambie de color, se recoge en sí misma echando los hombros hacia adelante, hunde la barbilla en el pecho y curva la espalda. Al poco, se le acerca un hombre que abraza un árbol de navidad de las mismas dimensiones que él.

—¿Se encuentra bien, señora?

Eve lo mira a los ojos sin poder dejar de temblar. Quiere responderle, pero no encuentra el modo. La palabra «frío» se ha dado a la fuga y sus sinónimos también. Decide que, en lugar del tiempo, le hablará del pelo. Podría comentarle que está preocupada porque, a partir de hoy, no se lo va a poder lavar y teme que, durante los próximos meses, se le ensucie hasta que el picor sea insoportable. «Pelo» empieza por p, ¿pero cómo continúa la maldita palabra? El cerebro no responde a las preguntas que se formula con impaciencia. Se está poniendo nerviosa porque ya hace rato que el amable desconocido aguarda entre las frondosas ramas del abeto. Debe de estar pensando que es una idiota.

Presa del agobio y muerta de la vergüenza, se aventura a probar suerte con la comunicación no verbal. Suelta el asidero del carrito para rascarse la cabeza con las manos. Al mismo tiempo, exagera una serie de muecas de fastidio con las que le parece transmitir claramente el mensaje.

Otras personas que se disponían a cruzar la calle se detienen, sorprendidas, frente a una Eve muda pero muy expresiva. Parece que esté jugando al juego de las películas y que ninguno de los participantes adivine a cuento de qué vienen estos aspavientos. Al poco se suelta la melena, y aparece desgreñada como un mocho viejo. Junta los brazos al cuerpo y una expresión de fastidio se le queda adherida a la cara como una segunda piel. Vuelven a hacerle la misma pregunta de antes pero con un tono mucho más intenso: «¿Se encuentra bien, señora?». Todos la miran como si fuera una anciana que desvaría, un cuerpo cuya cabeza se aleja rodando carretera abajo. Quiere decirles que no se preocupen, que tan solo está cansada y algo destemplada después de haber completado dos largos en la piscina, pero su vocabulario sigue extraviado. ¿Por cuánto tiempo? ¿Horas? ¿Días? ¿Semanas? ¿Hasta abril?

Ni siquiera recuerda ni una sola letra de la palabra «adiós».

Profundamente humillada, esconde su mirada azul y empuja el carrito cuando la luz para peatones sigue en rojo.

Los gritos del grupo acompañan el frenazo del coche.

Tiene un cardenal en el ojo derecho, el labio superior hinchado y una herida en la barbilla pintada con Mercromina. Por fortuna, solo cayó de bruces, por lo que los huesos del cuerpo no quedaron perjudicados, aunque el carrito quedó de siniestro total. No es su primer accidente: en el anterior, el parachoques delantero del vehículo le golpeó la cadera y ella voló por los aires hasta aterrizar sobre el capó. Fue mucho peor que este, sin la menor duda, porque en esa ocasión se le desvió la nariz y la armonía de su expresión facial quedó comprometida para siempre. Esta vez, por el contrario, el coche ni siquiera la llegó a tocar.

Considera innecesario molestar a la doctora por una simple caída. Además, no quiere ver a esa desgraciada ni en pintura.

Se sienta en la silla de madera frente al teléfono y enciende la luz de una lámpara que tiene la pantalla desteñida por los bordes. Hace mucho que el piloto del contestador automático no parpadea, pero esta noche es Nochebuena y Eve marca el número de la residencia de su hermano con la plena convicción de que hoy será posible hablar con él. Se aclara la garganta.

—Con Jessie Friedman, por favor —dice con un tono entre dulce y, sobre todo, seductor, como si fuera necesario camelarse al interlocutor para conseguir su objetivo—. De parte de Eve Friedman.

—Ahora mismo.

Durante la espera, entorna los ojos hasta encontrarse con los de Jessie en la única fotografía que tiene expuesta en las estanterías del salón. Últimamente no deja de observar esta instantánea en blanco y negro en la que aparece tan atractivo, con camisa y una trenca tres cuartos desabrochada. Carga al mayor de sus hijos sobre los hombros. Junto a él está su enjuta exmujer con un moño alto trenzado y una sonrisa de lo más pícara. Sostiene al bebé entre los brazos. Por el brillo en los rostros de ambos se adivina que, en ese pletórico momento de paternidad recién estrenada, estaban enamorados, llenos de emoción ante las nuevas responsabilidades y, por encima de todo, rebosantes de futuro. Los truenos de la tormenta sonaban a demasiada distancia para ser percibidos.

—Me temo que en estos momentos el señor Friedman está durmiendo.

—¿Todavía?

Aparentemente lleva un mes entero en letargo. No ha conseguido hablar con él desde la última vez que estuvieron juntos. Eve no se explica por qué la evita, si es que la está evitando… Ni siquiera contempla la posibilidad de que Jessie esté molesto con ella por haberse separado de su lado sin despedirse. Esto no significa que su memoria escurridiza haya eliminado el capítulo de la traición. Es consciente de que hizo algo mal, muy mal, pero elige no bucear en aguas turbias. El recuerdo de los desafortunados días en Seattle está enclaustrado en una parte de difícil acceso de su cerebro. De lo contrario, seguiría inmovilizada sobre la cama del Nexus Hotel.

La nubosidad que empaña el viaje también afecta a su relación con Jorge. La última ocasión en la que estuvo con él fue dentro del taxi que cogieron en el aeropuerto. Cuando el vehículo se detuvo frente al portal de la calle 9, Eve lo invitó a subir para cenar algo caliente, pero él, sin moverse del asiento trasero, declinó la oferta.

Tan solo dijo que no podía más.

Todos los días, a todas las horas, se plantea marcar su número de teléfono con el único propósito de escuchar ese acento español tan marcado, pero al final no lo hace porque le da miedo pensar en él. Su rostro se ha convertido en un martillo. La última vez que lo reprodujo rasgo a rasgo tras los párpados, media hora antes, la atizó tan fuerte en el lado izquierdo del pecho que acabó llorando contra la almohada sin saber bien por qué.

Como solo hay una persona delante de ella en la cola del supermercado, alcanza a ver unos trazos de tinta negra impresos en la muñeca derecha de Wendy, que lleva enrollada en cinta transparente como un pedazo de queso. Debe de ser una pintada nueva porque nunca antes le había visto manchas en esta parte tan expuesta de la piel. Coloca el envase de zumo de naranja sobre la cinta transportadora y prepara su mejor sonrisa antes del encuentro.

—¿Qué le ha pasado? —se adelanta la dependienta en cuanto ve las heridas que marcan la cara magullada de Eve.

—Un atropello. ¿Y a ti? —replica, señalando la cinta aislante.

—Un tatuaje. —Se sube la manga para enseñarle con orgullo una circunferencia rodeada por pestañas puntiagudas como alfileres—. Me lo he hecho esta mañana.

Más que en el dibujo del ojo, Eve se fija en la piel que lo rodea. Está irritada, al rojo vivo. Pobre chica. ¡Qué dolor!

—¿Por qué lo has hecho, Wendy?

—Es en honor a *La naranja mecánica*. Todavía sigue siendo mi película preferida.

Joven, hermosa y preparada, sin embargo se graba dibujos horribles en el cuerpo con justificaciones de lo más bobas. Eve trata de imaginar el aspecto de su propio cuerpo empapelado con los carteles de sus películas, obras de teatro y libros favoritos.

—Son tres dólares.

Esta chica tiene un problema y es urgente ayudarla, ¡pero qué difícil es conseguirlo en espacios de tiempo tan breves!

—¿Entonces te gusta el cine?

—Sí. Aunque ahora estoy más enganchada a las series de Netflix.

—¿Has oído hablar del Cinema Village? —sigue indagando con aire prometedor.

—¿Los cines que están a la vuelta de la esquina?

—Exacto. Quizá te interese saber que todos los empleados de allí me adoran. Nunca me cobran la entrada. Y la buena noticia que tengo para ti es… ¡que tampoco se la cobran a mi acompañante! —acaba el anuncio con una palmada eufórica.

—Qué suerte —celebra, impertérrita.

—¿Hay alguna película en particular que te interese ver? Hace días que no miro la cartelera.

—Yo tampoco, pero bueno… —Intercambia una mueca con el siguiente que está en la cola y entrega a Eve el recibo del zumo—. Son tres dólares.

—¿Tenéis algún periódico por aquí? —pregunta sin acercar las manos al bolso.

—No lo creo.

—¿Qué día te viene mejor?

Pasan los segundos y Wendy no se decanta por ningún día de la semana. Sus ojos cada vez se asemejan más a la circunferencia que lleva tatuada en la muñeca.

—¿Hola? ¿Sigues aquí? —intercede Eve con humor, agitando la mano frente a la cara de Wendy—. Puedes apuntar mi número de teléfono y llamarme cuando hayas echado un vistazo a tu agenda. Por mi parte, estos días no tengo demasiados compromisos. ¡Al fin estoy libre! ¡Vacaciones! ¡Navidad! ¡Hurra! Pero recuerda… No me llames antes de mediodía. Cuando todavía es temprano, la voz me suena como si tuviera un agujero en la tráquea —le confiesa, señalándose un punto preciso en el centro del cuello.

Wendy toma nota en un recibo que tenía a mano.

—Son tres dólares —repite una vez más tras el último de los dígitos que Eve ha dictado con parsimonia.

—¡Oh, sí! —exclama, abriendo al fin la cremallera del bolso—. ¿Cuánto has dicho?

Lame la tira de pegamento en el reverso del sobre. Lo cierra con mucho cuidado, como si sostuviera entre las manos una alianza. En el lugar del destinatario ha escrito con letra clara: «Feliz Nochevieja, mi querido Tony, y sobre todo te deseo un feliz año nuevo». No ha incluido el año en concreto porque no está segura de si van a abandonar el 2015 —¡qué año tan funesto!— o si van a comenzarlo —¡qué bien suena!—, y no se le ha ocurrido ninguna forma inmediata de salir de dudas. Los cinco dólares que tiene tradición de regalarle por estas fechas ya están dentro del sobre junto a un recorte de un Papá Noel en trineo que incluía el último catálogo de Gristedes.

No sabría decir cuándo fue la última vez que coincidió con él en el vestíbulo. Es probable que hayan pasado varias semanas. No obstante, cada año le toca cubrir el turno de Nochevieja. Seguro que tienen muchísimas cosas que contarse.

Se arregla como para una gala, con un vestido de noche hasta los tobillos y una diadema coronada por un ostentoso lazo rojo. Consciente del breve recorrido que le espera, se prueba unos zapatos de tacón acabados en punta que no han visto la luz en años. Cambia de parecer en cuanto se pone de pie y pierde el equilibrio con el primer paso, y, sin pensárselo dos veces, vuelve a las babuchas de piel forradas de borreguito.

A pesar de no haber ningún adorno navideño, un cierto clima de efervescencia recorre de punta a punta el pasillo de la cuarta planta. A medida que Eve avanza a un ritmo más lento del habitual, le llegan, a través de las puertas, aromas deliciosos. También puede escuchar la música que sus vecinos han elegido para deleitar los oídos de sus huéspedes. Alcanza a distinguir voces, risas, algún berrido de bebé, incluso el tintineo de las copas y los cubiertos. Cuando llega a los ascensores, Eve se siente feliz… o profundamente deprimida. No sabría en qué extremo reconocerse. Lo único claro es que está ubicada en un tope, un borde, un precipicio, y que siente vértigo.

Ensaya diferentes sonrisas en el espejo del ascensor: ninguna la convence. Qué vieja. El lazo es una horterada.

Antes de alcanzar a reconocer su cara, se da cuenta de que el hombre erguido tras el mostrador es más alto y peludo que Tony.

—¿Tony? —se arriesga de todas maneras, a metros de distancia.

—Feliz Nochevieja, Miss Friedman. ¿No irá a salir sin abrigo? —pregunta justo antes de reparar en las babuchas.

—¿Dónde está Tony?

—Dejó el trabajo hace dos meses y pico.

—¿Qué? No es posible. Nadie me ha avisado.

El hombre se vuelve hacia la puerta de cristal, como si esperara que alguien fuera a aparecer para hacerse cargo de la inquilina.

—Creo que ha regresado a su país —replica al rato.

—¿Y la escuela? —El portero no parece saber de lo que habla—. Le estaba yendo muy bien. Tony es un estudiante ejemplar.

—Puede que algo urgente le pasara.

—No se hubiese ido sin despedirse de mí —mantiene, todavía convencida de que tiene que ser fruto de un malentendido.

El portero se encoge de hombros con los ojos entornados, cada vez menos interesado en la conversación.

—Tampoco se despidió de mí.

Ella mira de reojo el sobre que sostiene y se plantea entregar su dádiva a este portero tan barbudo cuyo nombre nunca ha tenido la intención de memorizar. Le conviene ganarse la confianza de al menos uno de los que trabajan en el edificio para sentirse segura en caso de un nuevo huracán. Así y todo, le da pereza empezar una relación. A los ochenta y tres años los inicios pierden atractivo.

—Espero que esté sano y salvo —murmura entre dientes mientras da media vuelta.

El ascensor la espera con las puertas abiertas. Vuelve a contemplarse en el espejo. Reconoce en sus facciones a su madre muerta, a su padre muerto, a un Tony muerto, a un Jessie muerto y a un Jorge más muerto que nadie. Los cadáveres de sus seres queridos descansan en los nichos de su expresión. Ella, por el contrario, no se halla presente en su propia cara.

Deborah ha venido a verla en cuanto se ha enterado del accidente, es decir, dos semanas y media después. El moratón ya no es más que una discreta sombra que le ensalza el ojo y en la barbilla apenas se aprecia la cicatriz; no obstante, en cuanto Eve abre la puerta, se lleva las manos a la boca. La examina de arriba abajo con un gesto afectado, como si su aspecto fuera el de una víctima recién rescatada de debajo de las ruedas de un tractor.

—No deberías seguir caminando por la calle a tus anchas —farfulla sin entrar, sacudiendo los copos de nieve aferrados a los hombros y a las solapas de su plumífero.

Eve resopla al escuchar este estúpido consejo.

—Debbie, querida… Me han estado atropellando cada dos por tres desde que aprendí a caminar. Estoy habituada. No tienes de qué preocuparte.

Deja de atizarse a sí misma para lanzarle una mirada directa.

—Pues lo estoy —asegura—. Lo estoy.

Eve se hace a un lado de la puerta para permitirle entrar. Cuando su sobrina pasa de largo, se estremece a causa del frío que arrastra consigo como una cola de reptil. Se siente entre conmovida y desazonada ante la repentina preocupación que Deborah muestra por ella. Lo último que ha dicho lo ha dicho de verdad, no le cabe duda, y además lo ha repetido dos veces.

—¿Quieres sentarte un rato? —le pregunta, algo desorientada.

Una respuesta afirmativa demostraría que tiene a una extraña en casa.

—Sí. ¿Por qué no? Me tomaré un café.

¡Dios mío!

—Oh. —Los ojos se le dilatan como platos ante la confirmación de sus sospechas—. Un delicioso café... Calentito, ¿no? Ahora mismo, Debbie.

Durante el recorrido a la cocina, no puede dejar de inspeccionar por el rabillo del ojo cómo Deborah se deshace del chaquetón y toma asiento en el sofá. En su sofá. Hace años que no la ve hacerlo.

Una vez a solas, le surge la duda de cómo diablos se prepara un café. Desde que el descanso empezó a escasear en sus noches, Eve dejó las bebidas estimulantes. Ha llovido mucho desde entonces y ahora no se acuerda ni del primer paso. Abre cajones y armarios en busca de alguna pista que le aclare el procedimiento, pero lo único que encuentra es un juego de tazas de porcelana que perteneció a su madre y que consigue ponerla nostálgica, pero que no le sirve de ayuda en su actual empresa. Al cabo de unos minutos, la voz de su sobrina irrumpe desde el salón.

—Un vaso de agua está bien.

Coloca dos vasos sobre la mesita de madera. A continuación, Eve duda entre si sentarse a su lado o si sería más natural y cómodo para las dos elegir la butaca que queda a una distancia prudente. Se mantiene de pie y con el cuello rígido hasta que Deborah decide por ella al dar unos golpecitos sobre el mullido cojín del sofá. En cuanto toma asiento, ambas se hacen con sus respectivos vasos.

—Pero…

—¡Ups! —suelta Eve al darse cuenta de que están vacíos.

Deborah lo deja sobre la mesa y vuelve a clavarle una mirada inusual.

—¿Qué tal estás, Eve? ¿Cómo te encuentras?

En el supuesto de que en estas últimas semanas hubiera seguido en contacto con Jorge y Jessie, o al menos con uno de los dos, la respuesta sería intrascendente. «Todo bien, Debbie. ¿Qué tal tú? ¿Algún juicio divertido? Feliz año, por cierto». No obstante, la carencia de interacciones relevantes en lo que va de invierno la ha dejado en tal estado de vulnerabilidad que ahora pone de su parte para convencerse de que el interés de Deborah en explorar sus sentimientos es real. Quizá lo sea. Ojalá.

—Un poco triste… —contesta, todavía insegura de si es conveniente mostrarse con sinceridad a su sobrina.

Deborah coloca una mano sobre la de Eve y afirma con la cabeza repetidas veces. Al tacto, su piel es seca como una calabaza, pero la presión que ejerce es la adecuada para que se sienta, de alguna manera, acompañada.

—Cuéntame —la anima, todavía moviendo la cabeza de arriba abajo—. Sabes que puedes contármelo.

Vacila antes de continuar la confesión. Toma con fuerza la mano de Deborah porque teme resbalar sobre este pavimento incierto que nunca antes ha pisado.

—Hace tiempo que no tengo noticias de un amigo... especial. Mi mejor amigo, podría decirse —concreta. Puede sentir el frío de la calle 9 colándose por el resquicio de la ventana que está a sus espaldas. Tiembla—. Estoy entre preocupada, ofendida y algo triste. Muy triste, en realidad. Verás, Debbie, yo ya no estoy para experimentos. Necesito confiar en los que se han hecho con un puesto importante en mi vida, pero él todavía es joven y muy curioso y tiene mucho camino por recorrer. No puedo abrir el corazón a alguien con tantas puertas abiertas frente a sí que, tarde o temprano, lo separarán de mí. Es posible que lo más sabio por mi parte sea retirarme a tiempo, pero es que cuando estoy a su lado creo tener en las manos la llave de mi prisión y... ¡oh!, eso lo es todo, Debbie. Créeme. Me evado de mis tormentos y me lanzo de cabeza a la aventura. Sé que estoy en el camino correcto, aun cuando puedo caer al abismo. Junto a él estoy convencidísima de que mi vida sigue dando frutos, pero cuando no está conmigo me siento presa de la peor de las angustias, pues pienso que nada de lo nuestro es real. Que él no va en serio. Que todo lo que estamos construyendo se hará añicos en cuanto los vientos cambien de dirección. —Y, tras una pausa, sigue con un tono de voz que amenaza con romperse en pedazos—: Lo que más me preocupa es que cabe la posibilidad de que esto ya haya pasado. Puede que no vuelva a verlo nunca más.

El pelo rubio de Deborah cae recto sobre su cara, y deja tan solo una ranura central al descubierto, como puertas correderas que no se han cerrado del todo. Este estrecho canal de expresión le procura a Eve la información suficiente para darse cuenta de que ha dado un paso en falso. Deborah le suelta la mano para llevarse los dedos índice y pulgar al puente de la nariz. Se lo sujeta con un mohín de mujer decepcionada. Es un gesto tan simple y estereotipado que hasta un pintor principiante podría retratarlo con los ojos cerrados. Resopla y, cuando la vuelve a mirar, demuestra la distancia de siempre.

—He hablado con la doctora, Eve Friedman. ¿Por qué me escondes la verdad?

Con la inmediatez de un bofetón, Eve vuelve a encontrarse sola en el mundo y completamente saboteada.

—¿La verdad?

Hacía tanto que no oía ese sonido que el corazón le palpita más rápido a cada paso que se aproxima al teléfono, como si sus latidos tratasen de adelantar el ritmo de los timbrazos. Descuelga el aparato con taquicardia. Apenas le queda aliento para entonar un «¿Diga?» comprensible.

—Hola, Eve.

Siente que el corazón le salta a la garganta, cae hasta sus pies y luego recupera su centro, todo ello en la fracción de segundo que tarda en replicar:

—Hola, Jorge.

El silencio se extiende como una evocación rencorosa de la última experiencia que compartieron.

—Llevo días llamándote e intentando dejar un mensaje en el contestador, pero salta una voz diciendo que no te queda espacio disponible.

—Oh, eso debe de significar que la cinta está llena —infiere Eve, procurando que no se le noten los nervios.

—Pues sí. Debe ser eso.

—¿Se te ocurre algún lugar donde vendan cintas?

—¿Por qué no borras los mensajes? Basta con apretar un botón para eliminarlos.

—Porque son mis recuerdos.

Acuerdan una cita para el siguiente lunes. Hablan hasta el final con una naturalidad algo artificial, esforzándose en simular que hace meses que no se ven.

—Hasta mañana, entonces.

—Un beso fuerte, Eve.

Va al cuarto con una sonrisa de oreja a oreja y se deja caer de espaldas y con los brazos abiertos sobre el colchón. Como si se lanzara sobre un montículo de nieve virgen. Como si no tuviera ochenta y tres años y la espalda hecha polvo.

Lleva minutos observando por la mirilla cuando, al fin, aparece una figura al fondo del corredor embutida en un chaquetón que al menos le va tres tallas grande. Eve sonríe con los labios pegados a la puerta. Aunque lo espiara en la niebla, sería capaz de reconocerlo a un kilómetro de distancia. No tiene intención de manifestarle a bote pronto su entusiasmo por volver a verlo. Piensa que es más elegante ser comedida. Así pues, adopta una pose estudiada, apoyando la cadera contra el quicio de la puerta como si estuviera esperando en la parada del autobús. En cuanto él la ve, se quita el gorro de lana y avanza con más presteza que antes, como si tuviera intención de concluir el recorrido con un *sprint* final. Tiene la expresión risueña, el pelo más largo y carga con una bolsa de plástico del RadioShack.

—¿Qué llevas ahí? —pregunta Eve cuando le queda el último tramo del pasillo por atravesar.

—Una cinta virgen.

La firmeza con la que Jorge la estrecha entre sus brazos le crea tanto placer que no es capaz de compararlo con nada, un gozo que supera con creces el que sentía al masticar los muslitos de pollo cuando estaban tirados de precio en Gristedes. Y eso es mucho decir.

—¿De verdad me has traído una cinta virgen?

Jorge la saca de la bolsa con tanta energía que por poco se le escapa de la mano.

—¡Eres todo un caballero!

El protagonismo absoluto de la cinta les ahorra, de momento, el empacho de tener que explicarse mutuamente las razones del distanciamiento. Eve no sabe dónde guardar la antigua.

—¿Qué tal en el congelador? —propone.

Adora esta pieza porque ya la ha salvado de algún que otro aprieto.

—¿Tienes joyero?

—Claro. Me imagino que sí. Todas las mujeres tenemos uno, ¿no?

—Ahí estará a salvo.

—Nunca se me ocurriría buscar nada en mi joyero —objeta Eve, negando con la cabeza—. Ni siquiera sé dónde lo tengo y, mucho menos, lo que guardo en esa caja inútil. Tiene que ser un lugar que, aunque se me olvide que he escondido la cinta allí, vaya a encontrarla de todos modos. Pase lo que pase. ¿Entiendes?

Se quedan pensando, anclados los del uno en los ojos del otro. Todavía están en el recibidor. Jorge no se ha quitado el chaquetón y Eve no ha cerrado la puerta.

—¿Dentro de un calcetín?

Ella no parece convencida, pero sí súbitamente inspirada.

—Si la escondo dentro de uno de mis zapatos de buceo, en cuanto empiece el buen tiempo no tendré más remedio que pisarla. Y entonces la sacaré de ahí y la trasladaré al interior de uno de los zapatos de invierno… y así, estación tras estación, hasta que me muera. No tiene pérdida, ¿a que no?

De este modo transcurren los primeros treinta minutos. Pero cuando la cinta nueva ocupa el lugar de la vieja, y la vieja ocupa el lugar que ocuparán los pies de Eve durante el verano, se sientan en el sofá con cierta rigidez.

Tienen una conversación pendiente.

—¿Qué te hizo llamarme después de tanto tiempo?

Antes de responder, Jorge pasea los ojos por la habitación, como si la respuesta estuviera allí. Se muerde los labios, meditabundo.

—Nadie más que tú guarda una cinta llena de recuerdos dentro de un zapato de buceo.

Eve sonríe. No ha elogiado su sensualidad, como lo hizo Singer cuando se conocieron. Tampoco su talento, igual que muchos críticos mientras la obra con Singer triunfaba alrededor del mundo. Lo que acaba de decir es mejor. Un guiño entre buenos amigos.

—Entonces, ¿por qué tardaste tanto?

A Jorge se le avinagra la expresión en cuanto ella cierra el interrogante. Eve se arrepiente de su pregunta. «¡Serás tonta!», piensa, y se adelanta a hablar para no darle la oportunidad de retroceder a Seattle.

—Los viejos y los enfermos somos los seres más difíciles de tratar. Lo siento.

El rostro de él se suaviza tras la disculpa. Empieza a frotarse las palmas de las manos contra sus vaqueros viejos una y otra vez.

—Tengo una noticia que darte —confiesa con evidente desazón.

Ha venido a despedirse, augura Eve, cerrando los ojos con fuerza. Se va para siempre.

—Pasé en España parte de las fiestas y la primera semana de enero. Necesitaba un respiro. Nueva York puede ser asfixiante. Es como correr a todas horas en una rueda que no se detiene. Aun así, durante el tiempo que estuve en casa tenía la sensación de que mi lugar no es ese. Todavía prefiero estar lejos. Aquí. —Se vuelve hacia ella y la encuentra con la mandíbula rígida y el ceño fruncido—. De modo que fui a la Embajada de Estados Unidos para jugar mi última carta.

El cuerpo de Eve está temblando, aunque de manera imperceptible. A pesar de que se rozan, su acompañante no lo puede notar.

—¿Y bien…?

—Me han extendido la visa por tres años más.

Mantiene los ojos cerrados, incluso los aprieta con más fuerza, pero esta vez lo hace para regocijarse por su fortuna a escondidas. Quiere decir que todavía se le conceden días por delante que valdrán la pena: semanas, meses… años llenos de vida. Los pájaros del bosque de sus pesadillas pierden el miedo y echan a volar. Eve también lo hace para abandonar con un batir de alas la rama seca a la que llevaba este último tiempo aferrada.

A pesar de su alegría, lo prudente es controlarse.

—Será tiempo suficiente para llegar al final de nuestra obra.

Al cabo de unos días cargados de una excitación casi infantil ante el nuevo panorama que se le ha presentado en boca de su mejor amigo, Deborah la llama para anunciar que está llegando a su casa en taxi.

—¿A la mía?

Ni siquiera ha transcurrido una semana desde la última visita. Entorna los ojos, sin ganas de volver a verla.

—¿Quieres un café?

—Tengo mucha prisa, pero te he traído algo. Te lo subiré a casa.

—¿Qué me has traído? —indaga, extrañada.

—Ahora lo verás.

Tiene el impulso de mirarse la muñeca para consultar un reloj que nunca ha llevado puesto.

—¿No será una sorpresa por mi cumpleaños? Sabes que no me gustan las…

—¿Cuándo es tu cumpleaños? —la interrumpe.

—No lo sé. Creo que algún día de uno de estos meses.

Se oye el portazo de Deborah al salir del taxi.

—Estoy abajo.

—Oh.

Corre a la habitación para cubrirse con un chal amplio. Quiere ahorrarse la consabida experiencia de escuchar críticas acerca del estado de su ropa.

Deborah aparece al timón de una silla de ruedas de segunda mano. En cuanto la ve, Eve se traslada a los años de juventud que pasó sobre una igual por culpa del accidente más brutal que ha experimentado, y al que siguió su peor desengaño amoroso. La conductora de este trasto tétrico atraviesa el vestíbulo con expresión de ser capitana de la embarcación más ostentosa del puerto. La aparca en el centro del salón y se sacude las manos.

—¿Piensas dejarla aquí? —pregunta Eve, horrorizada.

Le explica que pertenecía a su difunta madre, la hermana mayor de Eve, y que ha pensado que a ella le podría ser útil.

—Te la regalo.

—¿Para qué? Camino por mi propio pie —y da un paso ágil para demostrárselo.

—Sí, hoy todavía sí, aunque a duras penas. No quiero que vuelvan a atropellarte. Además, yo la tenía almacenando polvo en el sótano de casa. Aquí estará mejor.

Eve nunca se ha enfrentado a su sobrina, sin embargo ahora se ve forzada a refrenar el impulso de dejarla calva.

—¿Por qué haces esto, Deborah?

—Por ti, Eve, está claro —responde sin reparar en lo encendidas que están las mejillas de su tía—. Tengo que irme pitando o llegaré tarde al juzgado. El taxi me espera abajo. Te llamaré por tu cumpleaños. *Love 'ya!*

No quiere que Jorge pueda llegar a relacionarla con este trasto, pero es una silla tan aparatosa que no entra en ningún armario. Se plantea deshacerse de ella. Bajar a la calle antes de que su amigo llegue y abandonarla debajo de un árbol, aunque sabe que es una opción inviable porque Deborah se pondría hecha una furia. Acaba por envolverla con una sábana vieja y dejarla en una esquina del salón con la esperanza de que Jorge no repare en el bulto.

—¡Hoy es mi cumpleaños! —anuncia, desasosegada, en cuanto abre la puerta.

No tiene interés en celebrarlo. Nunca lo ha tenido. De hecho, ni siquiera está segura de que sea verdad, pero la noticia servirá para distraerlo.

—¿Por qué no me lo habías dicho antes? —pregunta desde el umbral, enseñándole las manos vacías—. Te hubiera traído una planta. —Eve hace un mohín aclaratorio—. ¿No te gustan las plantas?

—Sí, un poco, y también los animales, pero no por ello viviría en una granja. Hay ciertas responsabilidades de las que prefiero prescindir.

Jorge la vuelve a abrazar para felicitarla. Acceden al salón cogidos de la mano. A los pocos pasos, los ojos de él se detienen sobre la sábana bajo la que se intuye la silueta de lo que hay debajo.

—¿Y esta silla de ruedas?

—¿Pero de qué diablos estás hablando? —pregunta ella, y lo toma de la mano con la intención de llevarlo hasta el sofá.

No puede impedir que se aproxime y lo corrobore por sí mismo. Cuando aparta la sábana, Eve se cubre los oídos con las manos, como si vaticinara un grito. No obstante, Jorge no pierde su aplomo habitual. Se sienta y la mueve de aquí para allá como si fuera un coche de feria.

—¿Desde cuándo la tienes?

Le viene a la mente el agrio recuerdo de todos esos ancianos casi muertos que comparten techo con su hermano.

—Verás, Jorge… —confiesa a metros de distancia—. Hay algo de mí que no sabes.

Él detiene su vaivén en cuanto Eve se señala la sien con expresión ceñuda.

—¿Te duele la cabeza? —trata de adivinar.

—Más bien diría que la estoy perdiendo.

Se lo explica todo sin titubear, con pleno dominio de sí misma, recuperando la fluidez con la que se expresaba en sus años de profesora. Le menciona las recientes pérdidas de recuerdos y de vocabulario que ha sufrido, la preocupación de la doctora al respecto, el TAC y la existencia de su sobrina.

—¿Por qué no me habías hablado antes de ella?

—¿De Deborah? Nunca he tenido mucho que decir sobre ella.

Jorge vuelve a agarrar la goma de las ruedas traseras y da un giro completo.

—Sin cabeza no soy nadie.

—Tienes mejor memoria que yo. Llevo nueve meses en el mismo piso y todavía se me olvida el nombre de mis compañeros. —Y tras una pausa, añade—: Hay algo que no cuadra… ¿Qué tiene que ver tu memoria con esta silla de ruedas?

Eve se encoge de hombros. Cosas de Debbie…

—Ya sé cómo vamos a celebrar tu cumpleaños —anuncia él, incorporándose de un salto.

Le dice que elija un lugar de la ciudad donde le gustaría ir, sin preocuparse por la distancia. Algún sitio que eche de menos. Cualquiera.

—Ahora disponemos de un medio de transporte para llegar a todas partes —le aclara, trazando con la mano un recorrido ascendente.

Eve sonríe con picardía, como si lo que su amigo propone fuera una travesura en toda regla. Nunca se le hubiese ocurrido que una silla de ruedas pudiera funcionar a modo de alfombra mágica. Cierra los ojos y visualiza desde lo alto del cielo las cimas nevadas de los rascacielos de Manhattan. Necesita poco tiempo para decidir dónde aterrizar. Al abrir los párpados, ya se le ha hecho la boca agua.

—La verdad es que me encantaría ir a Trader Joe's. Hace años que no voy, pero siguen mandándome sus catálogos cada quince días. No existe un supermercado en todo Manhattan con semejantes ofertas.

El día es frío, uno de los días más fríos de febrero, pero esto no les impide llevar a cabo el plan improvisado. Ella se equipa con: dos jerséis más sobre el de cuello alto que lleva puesto, un plumífero, los guantes con forro interior, la bufanda y un gorro de pelo sintético que también le cubre las orejas. Prefiere bajar al vestíbulo del edificio por su propio pie. No toma asiento hasta que se encuentran a una distancia prudente del portal, cuando está segura de que ningún vecino la verá sobre ruedas.

—¿Lista para el despegue? —le pregunta Jorge desde detrás del respaldo de la silla.

Eve se agarra con fuerza a los reposabrazos.

—¡Lista! —confirma ante la visión de un paisaje que, a pesar de la temperatura, esta vez está segura de que no va a doler.

Ambos desprenden por la boca nubes de vaho que al instante dejan atrás. Nunca había ido por Broadway Avenue a tanta velocidad. Cuando los transeúntes los ven u oyen el ruido acelerado de las ruedas, se hacen a un lado de la acera para dejarles paso. Cada vez van más deprisa. «¡Más rápido, Jorge!», grita Eve. «¡A sus órdenes!», obedece Jorge. Es como si estuvieran sorteando un atasco a bordo de una ambulancia. Llegan a Union Square en menos de cinco minutos y giran hacia el este por la calle 14. «¡Más! ¡Más rápido!». Las dos avenidas que atraviesan discurren entre montículos de nieve. Los carámbanos brillan como perlas expuestas en las ramas de los árboles. Cuando reconocen las grandes letras rojas del establecimiento, Eve ha dejado de sentir la cara por el frío, pero su sonrisa es todo lo ancha que un rostro puede contener.

Una ola de calor les ayuda a recuperarse a la entrada del supermercado.

Los pasillos están atestados de gente. Los carritos de la compra forman caravanas que apenas avanzan. Hay personas que discuten por el último melón en oferta, otras que se amontonan como animales para atrapar un pedazo del queso que ofrecen gratuitamente, y hay parejas que colaboran lanzándose a distancia los productos deseados. La cola para pagar cruza el local de punta a punta. La expresión de Eve es la de una niña recién llegada a un parque de atracciones. Se hace con una cesta y la coloca sobre su regazo, ajena a estos contratiempos que, sin embargo, a su compañero parecen preocuparle.

—¿A qué esperas, Jorge? —pregunta, impaciente.

Los siguientes tres cuartos de hora transcurren como si hubieran sido grabados a cámara lenta. Eve sujeta entre las manos una muestra de casi todos los alimentos que tiene al alcance y lee concienzudamente la tabla de los valores nutricionales que aparecen en los envoltorios, encontrándoles siempre alguna que otra pega. Jorge no deja de pedir disculpas a los de su alrededor por estar ralentizando aún más la marcha general. Solo le da tiempo a avanzar un par de pasos cortos en lo que Eve tarda en devolver un alimento al estante correspondiente y en coger otro. A pesar de su escrupuloso interés por la oferta, hasta el momento la cesta sigue vacía.

—¿Necesitan ayuda? —se ofrece un empleado con rastas y ortodoncia.

—¡Oh, sí! —contesta Eve—. Me gustaría saber dónde tienen esas cositas que son de un tamaño más o menos así —enseña el índice y el pulgar abiertos en forma de «u».

El joven mira a Jorge, interrogante. Jorge niega con la cabeza porque tampoco sabe de lo que habla. El silencio desasosiega a Eve, que no es capaz de dar con la palabra.

—¿Qué cositas? —le pregunta Jorge, arrodillándose hasta quedar a la misma altura de ella.

—¡Pero bueno! —Le están entrando sofocos. No quiere quedar como una tonta el día de su supuesto cumpleaños—. Me sorprende que me lo estés preguntando precisamente tú. Sabes de sobra las cositas que me gustan.

Jorge frunce el ceño, meditabundo.

—¿Chocolate?

—¡No! Se come así…

Se lleva las puntas de los dedos de cada mano a los lados de la boca y empieza a masticar como un roedor, exhibiendo la dentadura al completo.

—Zanahorias —se atreve el dependiente.

—Mazorcas de maíz —prueba Jorge.

—Un hueso —intenta de nuevo el otro.

—¡Pollo! —exclama Jorge, esta vez seguro de acertar—. ¡Muslitos de pollo!

Eve da un respingo sobre el asiento y aplaude. Jorge también lo celebra con entusiasmo. El dependiente no. Parece desconcertado y fuera de lugar, aun así se ofrece a traer él mismo una bandeja de muslitos de pollo. Lo esperan sin moverse del sitio. Eve tirita un poco y no deja de frotarse las manos, como si estuviera destemplada. Cuando Jorge le pregunta si se encuentra bien, ella no duda en responder que no recuerda haberse sentido mejor en mucho tiempo. Luego, al ver el precio del paquete que le entregan, se le encienden los ojos como fósforos. Su sueño acaba de hacerse realidad. ¡El pollo está un dólar más barato que en Gristedes!

Le pide al trabajador si sería tan amable de traerle tres bandejas más.

—¡Espere! —lo detiene antes de que desaparezca al fondo del pasillo—. ¡Qué diablos! ¡Que sean cuatro, por favor!

La silla de ruedas los libra de ponerse al final de la cola. Mientras paga, Eve pregunta a la cajera si puede prestarle algo que le proteja la cara del frío.

—Lo siento. Aquí no hay más que bolsas de plástico.

—Servirá.

La oscuridad de la noche no los hace pasar inadvertidos. Todos los peatones los miran. Algunos, incluso, detienen su paso y hasta se llevan la mano al pecho.

—Creo que la gente piensa que te he secuestrado —le susurra Jorge al oído, que lleva bien cubierto.

Eve, con la cabeza metida dentro de la bolsa, ríe a carcajadas. Las risotadas, al rebotar contra el plástico, no se asemejan a las de una carcajada. Bien podría estar gritando o teniendo un orgasmo. El plástico se infla de aire. La brisa es gélida, pero ella se siente calentita sobre su alfombra mágica. No le importa lo que piensen los demás. Está siendo el mejor cumpleaños que recuerda.

—¡Más rápido, Jorge!

Jorge también ríe. No puede parar. Es probable que cuando decidió mudarse a Nueva York, un par de años atrás, nunca se imaginó a sí mismo enfilando Broadway Avenue al mando de una silla de ruedas montada por una dramaturga octogenaria con la cabeza metida dentro de una bolsa de plástico.

—¡A sus órdenes!

Una vez en casa, con la silla de ruedas aparcada y ellos dos despojados de las múltiples capas de abrigo, guardan los dieciséis muslitos de pollo en la nevera. A Eve le parece estar de regreso de un crucero por la Antártida, como poco. Un viaje frío, pero inmejorable.

De pronto, se queda observando a su amigo como si estuviera frente a un telón entreabierto.

—¿Por qué me miras así? —pregunta Jorge.

Se aparta un mechón blanco de los ojos y sigue contemplándolo hasta estar segura de la respuesta que le va a dar.

—Escribamos sobre nosotros dos.

A Jorge se le cae un muslito crudo al suelo.

Una cortina estampada con flores y grullas cubre la ventana que conecta el comedor con la cocina, desde donde no dejan de oírse gritos desgarradores en japonés y trepidantes ruidos de ollas y sartenes. Venir aquí ha sido idea de Eve. La última vez que pisó este suelo fue hace mucho tiempo, acompañada por Isaac Bashevis Singer, y recuerda que la comida estaba buena y bien de precio.

—Si la semana pasada este trasto nos llevó a Trader Joe's, supongo que llegará al Lower East Side, ¿no? —consultó con Jorge antes de salir de casa, refiriéndose a la silla de ruedas como si hablara de un transporte público que tiene un itinerario determinado.

En cuanto la camarera les trae dos vasos de agua, Eve rompe el papel que envuelve los palillos chinos y mete uno de ellos dentro del vaso. Antes de que Jorge pueda avisarle de que no es una pajita, ella ya está absorbiendo del palo de madera con tanto ahínco que los ojos parecen salirse de sus órbitas.

—¿Sabes qué, Jorge? —comenta después de que la camarera le haya traído una pajita con la que Eve pueda sorber realmente—. Esta colaboración me está recordando cada vez más a mi experiencia con Singer.

—¿Fue una experiencia agradable? —pregunta Jorge con la misma contracción muscular que padece en las ocasiones excepcionales en las que Eve revela algo sobre su escritor favorito.

Responde que, oh, desde luego, fue muy agradable. Isaac era un hombre sencillo, amable, educado, ameno, sarcástico, sabía escuchar, siempre iba bien afeitado y con un traje de chaqueta holgado.

—Eso sí, su sombrero daba pena. Parecía que se había propuesto no reemplazarlo hasta que se le desintegrara sobre la mollera.

Durante los años que trabajaron juntos nunca alardeó de superioridad frente a ella. Se entendían bien. La respetaba.

No obstante, se transformaba en un demonio en el terreno personal. Eve relata que Singer le confesó que la primera infidelidad que cometió durante su matrimonio fue al día siguiente de la boda.

—No lo hizo con mala intención —comenta Jorge, tan confiado como si hablaran de un amigo en común.

Eve frunce el ceño.

—¿Cómo dices? Su mujer no tuvo más remedio que abandonar a su marido y a sus hijos con tal de casarse con él, y mira cómo se lo paga. ¡Qué vas a saber tú sobre las intenciones de Isaac! Necesitaba compañía, pero al mismo tiempo tenía un pánico atroz al compromiso. Singer se negaba a pertenecer a nadie que no fuera Singer.

—¿Cuándo me dejarás leer *Teibele and Her Demon*?

—Oh. Cuando quieras —responde, fingiendo no tener nada en contra—. Pero ha de ser un día distinto al lunes. Eso sí. Los lunes están reservados para nuestro guion. ¿Cómo se titulará?

La camarera deja sobre la mesa las bandejas con el combinado de cada uno. Antes de despedirse con una reverencia, vierte salsa de soja dentro de los pequeños cuencos de cerámica que han colocado entre la *tempura* de verduras y el *sushi*.

—Sabes que el lunes es mi único día libre.

Sigue sintiéndose insegura ante la idea de permitirle leer la obra que él ansía conocer desde el comienzo de esta relación. Jorge podría abandonarla tras ver cumplido su objetivo.

—Entonces esperaremos hasta que tengas más tiempo libre.

Eve coge el cuenquito con cuidado de no derramar ni una gota y se bebe de un solo trago la salsa de soja. Luego pega un grito desconcertado. Jorge estalla en una sonora carcajada.

Como es habitual, a las dos de la madrugada Eve todavía no ha conciliado el sueño; sin embargo, todo es diferente a cuando está despierta. Con los ojos cerrados y el ceño fruncido, hasta el pensamiento más nimio la atraviesa como el filo de un hacha. Todas las madrugadas siente el cuerpo desmembrado entre las sábanas y la mente angustiada por asuntos como la soledad, el calentamiento global o los tatuajes de Wendy. No importa el motivo en concreto, el caso es que la sensación se repite noche tras noche: la muerte le está pisando los talones. Por todo esto, cuando suena el teléfono a las dos de la madrugada, suelta un gemido terrorífico. Lanza un brazo hacia el extremo de la cama y su mano cae sobre uno de los aparatos de radio esparcidos sobre el colchón. Se lo lleva a la oreja.

—Jessie, ¿eres tú?

Los timbrazos persisten. Eve se levanta sin dejar de presionar la radio contra la mejilla. Atraviesa la habitación a oscuras porque no tiene tiempo de buscar el interruptor. No le cabe la menor duda de que es Jessie quien llama. Simplemente lo sabe. Acelera el paso, aun a riesgo de caer.

—¿Hola? —pregunta en la oscuridad del salón.

—¿¡Dónde estás!?

Eve, con una radio en una oreja y en la otra el auricular, se echa a llorar al reconocer la voz que ha estado dormida tanto tiempo.

—¿Por qué me has hecho esto, Jessie? Necesito oírte cada día. Te he echado tanto de menos… ¿Por qué no respondías a mis llamadas?

Al otro lado de la línea, un toro se llena los pulmones de aire antes de embestir.

—¿¡¡Dónde estás!!?

Mira alrededor en busca de respuesta. Todo está a oscuras. No sabe dónde está. Lo único que ve son lágrimas.

—Tranquilízate. Estoy aquí. Aquí, aquí, aquí. Siempre he estado contigo. ¿Todavía me quieres?

Silencio.

Eve consigue acompasar su respiración con los roncos resoplidos de su hermano. De este modo lo siente dentro de ella. De este modo escucha un sí rotundo como respuesta. De este modo reconoce la sangre, recuerda que son familia, que son lo mismo. Están juntos en este trance. Ambos se aproximan a la misma sima desoladora.

—Ven aquí —exige Jessie—. ¿Por qué no vienes?

—Estuve en Seatte hace unos pocos meses, ¿no te acuerdas?

—¿Viniste? —en lugar de a un anciano enfermo, su voz ahora suena como la de un niño desconcertado.

—¡Sí! —exclama con euforia, convencida de que esta afirmación significa mucho más de lo que en realidad significa—. Cantamos juntos *Cheek to Cheek*. ¡Hasta el final!

El silencio llena de distancia la comunicación. Este silencio eterno, exasperante, hace que Eve sienta un miedo atroz a la oscuridad que la envuelve y que lo viste todo de riguroso luto. Jessie es el único capaz de iluminar la estancia.

Por favor, Jessie. Por favor.

—*Heaven…* —entona ella a modo de recuerdo, de socorro, de súplica, de la disculpa más profunda, de la declaración más tierna—, *I'm in heaven… And my heart beats so I can hardly speak…*

—Y te fuiste sin decir adiós —la interrumpe antes de colgar.

Los lunes son para Eve un olor, una sensación, una droga, un antídoto, una canción, un sueño, una caricia, un paisaje de algodón, una buganvilia en medio del desierto, un cielo despejado, un salto al océano desde un trampolín, una festividad marcada en el calendario. El gran día de la semana. El único, también.

Un lunes cenan en un restaurante de tapas españolas en Soho. Jorge conoce al chef. Tras saludarlo y presentarla, pide en su propio idioma una selección de los platos más tradicionales, a poder ser cocinados con muy poca sal, o nada. A Eve no le conviene. Mientras el camarero reúne sobre la mesa una tabla de quesos, pinchos morunos, pulpo a la gallega, patatas bravas y gambas al ajillo, ella propone que Jorge sea negro.

—¿Yo? ¿Por qué?

—Para darle un carácter más universal.

—Es bastante universal siendo tú neoyorquina y yo español.

—Necesitamos a un negro en el guion, Jorge —mantiene, categórica—. O tú o yo.

Otro lunes llegan con la silla de ruedas a Madison Square Park. Hay perros que corretean, niños jugando a la pelota y madres con sus bebés. A pesar de que todo el mundo lleva guantes y bufanda, el resplandeciente sol aviva la promesa de que el final del invierno está a la vuelta de la esquina. Atraviesan en silencio el serpenteante sendero empedrado. Se han propuesto poner en común todas las ideas que se les ocurran, vengan como vengan. Aparte de tener claro cómo son los dos personajes principales, necesitan movimiento, una dirección, una historia. Algo que contar.

—¿Y si tratase sobre nosotros dos intentado escribir un guion? —plantea él, encogiéndose de hombros por falta de convencimiento.

—Sería como hacer un *reality show*, ¿no te parece? —Y tras pensar de nuevo en su propuesta, argumenta—: Nos podría servir de marco, en todo caso, pero no de historia. El proceso creativo no es algo que interese al espectador.

Jorge aparca la silla frente a un banco libre y, con los ojos concentrados en la grava que pisa, toma asiento. Al poco, propone una solución.

—¿Y si, en vez del guion, persiguen una meta diferente? Algo más dinámico que implique acción, riesgo y drama.

—¿No estarás pensando en robar un banco?

—Jorge va a dirigir su primera obra de teatro, que resulta ser el último texto escrito por Eve, el más atrevido y personal, el definitivo. La dramaturga veterana acude a diario al teatro para seguir de cerca los ensayos dirigidos por el director primerizo. No consiente que nada sea diferente a como lo ha imaginado en su cabeza, lo cual implica que haya mucha tensión y discusiones entre ellos dos...

—Me pintas como una bruja —interrumpe la improvisación de su amigo sin darse tiempo para valorarla—. Me convertiré en una pesada que no te dejará trabajar en paz. Además —añade, acariciándole con deleite la barbilla—, no quiero volver a discutir contigo ni en la ficción.

La lluvia trastoca algunas veces los paseos de los lunes. En estas ocasiones, pasan la tarde leyendo el periódico en la cama. Eve defiende que a los teatros con mejor reputación les interesan historias que expongan lo que ocurre en el mundo. Necesitan un contexto político que aporte valor adicional a la trama de ellos dos. Un poco de información sobre guerras, atentados o crisis económicas. Una sola desgracia es suficiente para salir del paso. Por otra parte, no deja de repetirle que para aspirar a otros trabajos que no sean de camarero tiene que mejorar su acento al hablar inglés. Por eso le hace leer los artículos en voz alta mientras ella, hecha un ovillo a su lado, corrige las palabras que no pronuncia bien.

El primer lunes que dejan los chaquetones en casa, están tan entusiasmados que ni mencionan el guion. Él empuja la silla de ruedas a toda velocidad, como si las calles del Village fueran un tobogán por el que descender. El aire que refresca sus caras es, al fin, inofensivo.

Un día cenan en un restaurante tailandés con la libreta de Jorge sobre la mesa. Prueban una estrategia diferente. En vez de empecinarse en escoger el tema de antemano, tratan de concretar un comienzo, confiando en que la escena inicial les conducirá a la siguiente, y la siguiente a la siguiente, y así hasta dar intuitivamente con la verdadera trama. Eve entrecierra los ojos y mira a un punto que está por detrás de Jorge. Mastica espinacas salteadas.

—Yo entro en casa con la prensa bajo el brazo y el correo entre los dientes —bosqueja dejando entrever unos colmillos verdes.

—Vale. ¿Qué más?

—Lo primero que hago al atravesar el umbral de la puerta es mirar a distancia el aparato del contestador de voz.

Jorge transcribe, entusiasmado, las palabras al papel.

—¿Qué más?

Eve bebe agua con una pajita y se pasa la punta de la lengua sobre los dientes. Aparta con el tenedor las láminas de ajo tostado que hay entre las espinacas. No se le ocurre qué más puede pasar. Hum…, umm… No. Ni la más remota idea.

Un desconocido con vientre prominente y aspecto de intelectual se acerca a ellos a pasos cortos.

—Perdonen mi atrevimiento, sé que no me incumbe, pero llevo un rato observándolos desde mi mesa. Siento mucha curiosidad por saber en qué están trabajando. Se les ve tan concentrados…

—En un guion sobre nosotros mismos —anuncia Jorge, encantado de conocer a su primer admirador.

—Interesante —farfulla, observándolos detenidamente. Primero a ella, luego a él y luego otra vez a ella.

—Yo soy dramaturga de Broadway y Jorge es un chico negro muy especial —matiza Eve.

—Seguro que es una buena historia. Forman una pareja extraordinaria, inusual… muy atractiva, aunque asumo que esto ya lo saben. ¿Cómo se va a llamar?

El curioso vuelve a su sitio sin lograr saber el título de la obra. Eve y Jorge se miran con electricidad en los ojos, como si estuvieran dispuestos a chocarse las manos y gritar un ¡hurra! que hiciera vibrar las paredes del restaurante.

—¡Ya lo tengo! —estalla Eve, sintiéndose de pronto más inspirada que antes. Jorge recupera el bolígrafo y apoya la punta sobre el papel—. Yo entro en casa con la prensa bajo el brazo y el correo entre los dientes…

—¿¡¡Qué más!!?

Hay un lunes tibio y perezoso en el que Jorge lee con tono monótono las notas recopiladas hasta la fecha. No son pocas, pero la mayoría son ideas breves, inconexas y poco originales. Nada que les resulte útil. Eve no es capaz de concentrarse. Observa, dispersa, las primeras flores que brotan en las ramas de los árboles. Sentados uno junto al otro en el escritorio situado frente a las ventanas de la luminosa habitación, cierra los ojos y aspira el olor que desprende el cuerpo que la acompaña.

Adora la primavera.

Las flores… El sudor…

Adora la vida.

—¿Te importaría cortarme las uñas de los pies? —interrumpe la lectura. Jorge la mira sobresaltado—. Yo no llego y están deshilachándome los calcetines.

Se tumba en la cama y coloca los pies descalzos sobre el regazo de él, que se ha sentado al borde. Cuando es ella quien se corta las uñas, le duele la espalda, los hombros, las cervicales, las piernas y hasta las uñas, y el resultado es todo un estropicio. Ahora es distinto. No puede evitar reír ante la firme presión que ejercen las manos de Jorge contra el puente de la planta del pie. Su risa suena como cuando era niña y Jessie la despertaba con un despiadado ataque de cosquillas. Se le saltan las lágrimas de los ojos y se atraganta con su propia lengua. Jorge se esfuerza por ser rápido, pero con las convulsiones de Eve le está resultando difícil. Se muerde el labio inferior mientras maneja las tijerillas con cuidado. No parece que nada de esto le esté dando ni un poco de asco.

Es la primera persona que le corta las uñas de los pies. Eve cierra los ojos. La sensación de cosquilleo persiste aunque Jorge ya haya dejado de tocarla.

—¿Y si se enamoran? —le plantea, todavía recostada sobre la cama.

La brisa hincha las cortinas y las ondea como si fueran faldas de una mujer que baila sola.

—¿Quiénes? —pregunta Jorge, confundido.
—Nosotros dos.

La noticia llega a Eve el 16 de abril de 2015 a las cuatro menos diez de la tarde, poco antes de que Jorge se presente en casa. Sabe que en estos momentos él debe estar en el metro y que será difícil contactar con él. De todas maneras, marca su número de teléfono y deja un mensaje en el contestador de voz.

—Ha muerto.

Al abrir la puerta, su rostro refleja la angustia de alguien al que están apuntando con un rifle. Tan solo asoma la mitad del cuerpo, como si no tuviera claro si el francotirador se halla escondido fuera o dentro de casa.

—¿Has oído el mensaje? —pregunta, alzando la voz para que cruce todo lo largo que es el corredor de la cuarta planta—. ¡Mi hermano nos ha dejado!

—¡Lo sé, Eve! —contesta a igual volumen—. ¡Lo siento muchísimo!

Extiende los brazos cuando a Jorge todavía le quedan diez metros para alcanzarla. Él acorta toda la distancia en lo que dura un parpadeo. Se abrazan por un tiempo largo. Ella se refugia en el torso de su amigo, donde siente sus latidos contra la oreja. Al separarse, Jorge la mira con detenimiento, quizá extrañado por descubrirle el rostro seco.

—Si esperabas encontrar a una mujer sollozando, has venido a la casa equivocada.

Jorge niega con la cabeza, como si le resultara imposible imaginársela llorar.

—Eres fuerte.

¿Lo es? Le tiemblan las pestañas y los labios. ¿Se puede ser fuerte y, a la vez, estar aterrada? Se da la vuelta y entra en el salón agitando las manos igual que si tratara de desprenderse de los dedos. Da unos pasos a la derecha, otros más a la izquierda. Vacila. También le tiemblan las piernas, los tobillos, los pies… ¿Qué va a hacer a partir de ahora? Ni siquiera sabe qué hacer ahora mismo.

—Necesito mantenerme ocupada —decide, acercándose al carro de la compra lleno hasta arriba de botellas de plástico vacías—. Vamos al CVS a ver cuánto sacamos por esto.

Jorge empuja el mango de la silla al tiempo que Eve empuja el mango del carro, formando así un trenecito de ocho ruedas y dos pasajeros lúgubres. Los ojos de ella deambulan entre los rostros de los peatones como si buscara reconocer algo… algún gesto… algún rasgo… un ser amado… Pero nada. Todo es nuevo, ajeno y anodino. Ni siquiera le resultan familiares los edificios de su propia calle.

—Jessie… —susurra en secreto, sin vocalizar.

Toman University Avenue hacia el CVS que hace esquina con la calle 8. Una vez en la puerta del establecimiento, Jorge se arrodilla para preguntarle qué hay que hacer con las botellas.

—Oh, no. Jessie… —responde, desplazando los ojos de lado a lado.

Entran y se dirigen hacia la caja. El muchacho se encarga de la gestión. Vacía el carro que Eve mantiene sujeto por el asidero con tanta fuerza que los nudillos se le quedan blancos. La cajera hace el recuento y les entrega un dólar y veinticinco céntimos. En el momento en el que Jorge traslada a su mano las cinco monedas plateadas, Eve vuelve en sí. Clava una mirada furibunda en la trabajadora y trata en vano de incorporarse de la silla con el mismo ímpetu que si pretendiera retarla a una pelea.

—¿¡He estado recopilando botellas durante un año a cambio de esta mísera calderilla!?

Al llegar a casa, y una vez en pie, ella toma las riendas de la situación, como si hubiese diseñado un plan y lo quisiera llevar a cabo en este punto de la tarde en el que el imponente sol cede el protagonismo a una luna más fina que una brizna de hierba suspendida en el cielo. Propone sentarse en el sofá y leer *Teibele and Her Demon* de principio a fin.

—¿Qué? —bisbisea Jorge, incrédulo.

Eve no representa a ningún personaje. Todo lo lee Jorge. Ella se limita a seguir su voz igual que si fuese una brújula que la guía durante las siguientes dos horas. Tiene los ojos entrecerrados y la cara apoyada sobre el hombro de él. No está dispuesta a intervenir para corregirle las palabras que no pronuncia bien. Se siente afónica y cansada. Ni siquiera le quedan fuerzas para luchar contra la marea de recuerdos que la empuja al interior de un océano.

Vislumbra el telón cerrado. La sala se llena de espectadores, de prensa y de críticos. Es el día del estreno. Todos los miembros del equipo están escondidos detrás del escenario, nerviosos. Sobre todo Singer que, incapaz de disimular el pavor a una reseña desfavorable, se comporta como un niño antes de un examen. Eve trata de tranquilizarlo. Él busca las manos de ella. Ella se las entrega justo cuando comienza el espectáculo. Han trabajado muy duro durante tres años. Son buenos escritores y, juntos, han alcanzado resultados superiores a los que esperaban. ¿Qué puede fallar? Todo tiene que ir bien.

Jorge ríe de una forma nueva, una cadencia que Eve no había oído antes. Sus carcajadas son maremotos que se estampan contra el papel. Lee sin pausa. Con frecuencia se tropieza contra su propia voz acelerada. No aparta los ojos de la tinta ni por una milésima de segundo. Tiene la expresión reconcentrada de alguien que se esfuerza por llegar a lo más profundo de cada frase, sin perder detalle, estudiando hasta las comas del texto. Sostiene el cuaderno como si fuera un cofre lleno de tesoros.

Isaac suelta las manos de Eve y se las lleva al pecho. La satisfacción ante el alborozo que llega desde el otro lado del teatro llena la pechera de su holgado traje de chaqueta. De pronto, al niño miedica le ha crecido la corona del éxito sobre su cabeza calva. Eve nota el cambio de inmediato. Isaac Bashevis Singer se infla como un globo y asciende a solas por los aires gracias al nuevo triunfo que se acaba de añadir a los ya logrados durante su trayectoria. En ese momento, bien sea por intuición o porque durante el proyecto le ha dado tiempo a reconocer las flaquezas de su compañero, predice lo que pasará en adelante: la ninguneará. Singer no reconocerá nunca en público los méritos de Eve, como tampoco la reconoció cuando esta fue a estar a su lado en el lecho de muerte.

—Es fascinante, mucho mejor que el cuento en el que se basa. Erótica, divertida, profunda y muy original. Dos almas solitarias unidas entre sí a través de un amor demoníaco. Resulta inverosímil, pero Singer y tú conseguís convencernos de que incluso un romance así es posible. ¡Bravo! Me ha encantado.

Ya está. Jorge tiene campo libre para abandonarla. Nada tangible lo ata a ella. El misterio se ha resuelto, la puerta de salida queda abierta de par en par.

—¿Me quieres? —le pregunta Eve sin más preámbulos, todavía apoyada en su hombro.

La respuesta tarda en llegar.

—Sí…

Eve se separa para investigarle los ojos, como si hubiese entrevisto los puntos suspensivos que han seguido a la afirmación.

—Nah. Piensas que soy mona, pero no me quieres.

—Solo junto a ti me siento alguien imprescindible. Te quiero… Me haces falta.

¿Se le ha quebrado la voz al decir esto último? Lo ha parecido.

Ella se recoloca sobre el sofá con ayuda de ambas manos, como volviendo en sí tras un vahído.

—¿Y por qué no me lo dices nunca? Sienta muy bien saberlo, ¿sabes?

—Perdóname. En esto he salido a mi padre.

Cuando Jorge se prepara para partir, el pánico que ha engendrado hacia su propio apartamento vuelve a apoderarse de ella. La muerte de su hermano ha alterado las formas del mobiliario y las dimensiones de las paredes. Ni siquiera las lámparas alumbran con la misma intensidad, por no mencionar la luz mortecina de las farolas que hoy se cuela por las ventanas como charcos de gasolina. No sabe cómo se va a manejar en un mundo que, de un momento a otro, se ha puesto a girar a la velocidad de una peonza. Siente la arcada de quien aterriza en tierra inhóspita. El mapa ya no señala la ruta. Ni siquiera existe el suelo. Sin Jessie, Eve pierde el equilibrio como una acróbata alcoholizada. En el paisaje solo ve cortinas de cenizas.

—De ahora en adelante mi único deber es seguir adelante —le susurra al oído a su amigo al despedirse de él, consciente de la complejidad de esta nueva y última misión.

Hoy no sabe a qué ha venido al supermercado. Lleva puesto el abrigo más grueso y un gorro de pescador que se ha calado hasta las cejas para ocultar el cabello, demasiado sucio. Por alguna razón que no acaba de comprender sostiene un bote de lejía. ¿Cuánto tiempo lleva aquí? El suficiente para sentirse mareada, muy incómoda. ¿Dónde están Emily, Mohamed y Wendy? No los encuentra por ninguna parte. ¿Ha venido en busca de ellos? Puede que sí, puede que no, o puede que tan solo haya venido a por lejía. ¿A por lejía? Agradecería identificar un rostro conocido, en cualquier caso. ¿Cuánto tiempo lleva aquí? Las piernas le duelen horrores y tiene la sensación de que es la sexta vez que recorre este pasillo, cada vez más largo y concurrido. Interroga las caras de la gente, pero ninguna le muestra la salida. Se mira la mano derecha y vuelve a sorprenderse al leer: «Blancura sin rotura». ¿De verdad ha venido a por lejía? ¿Para qué sirve? ¿Dónde están Emily, Mohamed y Wendy? Por cierto, ¿cuánto tiempo lleva aquí? ¿Cuánto tiempo lle… ¡Espera un momento! ¿No es verdad que se ha hecho esta pregunta hace más o menos un segundo?

Eve está encerrada en un laberinto sin escapatoria. Las gotas de sudor descienden a la carrera por su cara. Cada paso que da la sumerge más en su extravío y cada pregunta que se hace acrecienta su ansiedad. Al reconocer el voluminoso trasero de la prima de Mohamed entre el tumulto de desconocidos, las piernas se le aflojan. Se apresura hacia ella y se esfuerza por disimular el hecho de que hoy es una mujer a medias.

—Estás tremenda, Wendy —domina el tono de voz, pero no puede dejar de temblar al acariciarle el vientre—. Ya debes de estar a punto de parir.

La dependienta retrocede un paso a la vez que se estira el polo hacia abajo, dándolo de sí.

—Lo tuve hace más de ocho meses, Miss Friedman. Y mi nombre es Emily.

Una vez al aire libre, emprende el camino de regreso a casa con el mismo sofoco que da la sensación de estar en el lugar equivocado. ¿Acaso se ha confundido de calle? Un hombre le confirma la dirección, pero Eve continúa adelante sin terminar de creérselo. En su barrio nunca hay tanto estruendo. Un grupo de operarios perfora los adoquines de la acera de enfrente con martillos neumáticos que retumban como si estallara la ciudad entera. Las personas que se cruzan con ella no le enseñan los ojos, son vergonzosos y mal educados, tipos rígidos que marchan como motocicletas al ralentí. Eve no encuentra su portal por ninguna parte. El suelo es inestable. Los edificios se derriten. Todo es pintura líquida. El mundo se ha transformado en un mural en descomposición. A pesar de la visera del gorro impermeable, los rayos del sol penetran hasta el fondo de los ojos, cegándola. Lleva puesto un chaquetón de invierno que, a veintidós grados, no necesita.

La calle 9 es un infierno y ella una tonta rematada que ya no se sabe vestir.

Se detiene de repente al tiempo que sus facciones componen la expresión del más absoluto asombro. La figura que avanza hacia ella a tan solo unos metros de distancia es, sin lugar a dudas, la de su amigo, pero esta visión, hoy, llega a los ojos de Eve saturada por un halo que nunca antes había percibido. Todavía inmóvil en medio de la acera, observa a un Jorge transformado en algo nuevo, en una mezcla de peligro y refugio; una necesidad vital.

—¡Jorge! —su grito eufórico llama la atención de los viandantes.

Una vez llega a sus brazos, le rodea la nuca con la mano y se pone de puntillas para alcanzar con sus labios la boca de él. Las respiraciones de ambos se entrelazan entre sí.

—¿Cómo me has encontrado? —le pregunta Eve sin aliento, estrechándose felizmente contra su torso.

Consciente de ser el centro de las miradas y aturdido por el beso en los labios, el joven tarda en contestar.

—Es lunes —por fin aclara—. ¿Has olvidado nuestra cita?

—¿Lunes? ¿No fue lunes también ayer?

Deborah se lleva la mano al pecho y asegura no haber visto el salón tan sucio nunca. Hay más trastos por el suelo de lo que es habitual, los sofás están cubiertos de revistas y ropa sucia, y las motas de polvo vuelan como insectos. No deja de repetir lo mucho que le duele ver a su tía viviendo en estas condiciones. Eve trata de evitar que entre en la cocina, pero no consigue detenerla. La encimera y la pila están llenas de platos con restos de comida, y el suelo cubierto de porquería. Abre la nevera y enseguida un tufillo a podrido la embiste.

—Esto es inadmisible, Eve —dice, negando con la cabeza.

—Lo siento si me he descuidado en mis tareas domésticas —se defiende—, pero te recuerdo que he perdido a mi hermano hace solo un mes. Aunque te cueste ver más allá de una casa desordenada, te pido que seas más comprensiva conmigo.

Acto seguido, se cubre la cara con las manos y rompe a llorar sentada en la butaca del salón. Este repentino derrumbamiento hace que Deborah se ablande y no tarde en ir a consolarla. Se sienta en el reposabrazos y le acaricia la espalda hasta que Eve se deja secar las lágrimas.

—Sé que está siendo muy duro para ti, pero piensa que Jessie tuvo la suerte de morir a los noventa y cuatro años. Es mucho más de lo que soñamos la mayoría.

Su sobrina es a todas luces una mujer sin tacto.

—¿Me estás diciendo que debo empezar a dar las gracias por seguir viva?

—No. Lo que digo es que no puedes seguir viviendo así. ¿Quién te va a ayudar si tropiezas y te rompes la cadera?

—Por tu tono de voz intuyo que tú no.

—Necesitas a alguien, Eve —insiste—. Estoy muy preocupada. ¿No ves cómo está todo? Ya tienes suficiente trabajo con cuidar de ti misma como para, además, ocuparte de una casa entera tú sola. —Se levanta y, dándole la espalda, añade—: Me han recomendado a una mujer muy cualificada que está disponible.

—¿Una mujer de la limpieza?

—Una enfermera.

Se le pone la piel de gallina al instante. La mera idea de pasar el día a día bajo los cuidados de una desconocida con bata blanca la traslada a la lúgubre residencia donde Jessie malvivió sus últimos años.

—Me niego a compartir techo con una enfermera.

—Sé que te gusta vivir sola, pero ya no estás en condiciones de…

—No es que me guste vivir sola, Deborah —la interrumpe para corregirla—. Es mucho más sencillo; mi vida «solo» tiene sentido en soledad. Soy quien soy gracias a que elegí no compartir espacio con nadie desde que me emancipé. Puedes privarme de lo que te venga en gana, pero te suplico que al menos me permitas seguir siendo yo misma hasta el final.

La mirada de Deborah se queda clavada en un punto fijo de la pared. A juzgar por el ceño fruncido y la manera de morderse los labios, todavía no tiene claro cuál es su papel en este asunto.

—Ni siquiera te acuerdas de cómo utilizar el microondas… —dice al cabo de unos segundos—. Por mucho que te cueste admitirlo, me temo que ahora la soledad es un riesgo para tu vida.

Sin haber concluido la conversación, la responsable legal de la anciana ya está recogiendo el bolso. Antes de que tenga tiempo para abandonar el domicilio, a Eve se le ocurre hacerla partícipe de su secreto con tal de que cambie de opinión.

—¿Sabes? En realidad no tienes de qué preocuparte, Debbie. Jorge es el chico más atento que he conocido en toda mi vida, estará encantado de cuidarme día y noche cuando sea necesario. Él mismo me confesó el otro día lo mucho que me quiere.

—¿Quién has dicho? —pregunta tras detenerse en el vestíbulo.

—Jorge. El español que viajó conmigo a Seattle, ¿recuerdas? Llevamos juntos más de un año. Estoy convencida de que te he hablado de él.

Eve se sorprende al percibir la mueca de alarma que rápidamente se ha apoderado de la cara de su sobrina.

—¿Quieres decir que es… tu pareja? —indaga, incrédula, mirándola de hito en hito.

—Es mucho más que eso.

Deja un mensaje breve en el contestador de voz de su amigo: «Llámame lo antes posible, por favor. Es importantísimo». Camina de habitación en habitación sin encontrar nada con lo que distraerse. Se muerde las uñas. Mira el reloj de pared repetidas veces, impacientándose ante el desplazamiento monótono de las agujas. Comprueba cada dos por tres que el teléfono esté bien colgado. Se siente impregnada de un sombrío presentimiento de desastre.

Cuando Jorge le devuelve la llamada, le advierte enseguida que no puede hablar. Está en el cuarto de baño. El restaurante está a tope. No saldrá del trabajo antes de medianoche.

—¿Todo bien? —ataja—. ¿Hablamos mañana?

—Nos ha descubierto —le comunica en un susurro nervioso, como si fuera ella la que está escondida de su jefe en el aseo de un establecimiento abarrotado.

—¿De qué hablas?

—Mi sobrina. No sabes cómo se ha puesto. ¡Nunca la había visto tan enfadada!

—¿Pero qué ha pasado, Eve? —le pregunta, preocupado.

Antes de responder, acerca los labios al auricular hasta besar el micrófono.

—Cometí el error de hablarle de ti… De lo que hay entre nosotros.

Jorge tarda tanto en intervenir que Eve se concentra en el barullo que lo envuelve: multitud de voces hambrientas se alzan como un fuego devastador. La única solución posible es huir juntos de Nueva York. Lejos del ruido.

—Tú y yo no tenemos nada que esconder, Eve.

—No lo entiendes, cariño. La ley es simple y corta de miras, no acepta matices. Para Deborah tú eres un inmigrante sin escrúpulos y yo una vieja sin cabeza. Así de sencillo. Ella tiene poder sobre nosotros. Mucho poder. No se quita la toga ni debajo del grifo de la ducha. Debemos ir con cuidado porque lo quiere saber todo. To-do —remarca.

—¡Pues cuéntaselo to-do! Hablas como si fuéramos cómplices de un crimen. ¿Qué hay de malo en que dos amigos escriban un guion juntos?

De pronto, Eve siente que el cerebro le baila como si hubiera recibido un golpe inesperado en la cabeza.

—¿Am-a-amigos? —logra tartamudear, contrariada.

Nunca una palabra le había sonado tan insuficiente.

La luz del atardecer llena el salón de centelleos dorados y fúnebres sombras en movimiento; son la esperanza y la frustración en plena batalla por la conquista de su hogar. Eve observa el entorno como si estuviera encerrada en una sala de cine vacía, maniatada y amordazada sobre la butaca. No siente ni miedo ni tristeza. Es un yugo familiar, en cierta manera, pero infinitamente peor al ya experimentado.

Siempre fue demasiado patosa y excéntrica, ni sus mejores amigos de la infancia la tomaban en serio. Llegó a un punto en el que ella misma asumió el papel de bufón que los demás le otorgaban y, a base de ocultar la profundidad de sus pensamientos, se entregó a la risa ajena como si fuera su prioridad.

Cuando alcanzó la edad en la que sus compañeras del instituto empezaban a hablar sobre besos con lengua y caricias atrevidas, no quiso quedarse atrás. Tuvo varios novietes en la adolescencia, todos gays. Por algún motivo, quizá debido a la naturalidad campechana que irradiaba o a su inofensiva sensualidad, era un imán para jóvenes atormentados por su orientación sexual que se empeñaban en ocultarla de cara a los demás. La invitaban al cine, a cenar y a fiestas, no dudaban en cogerla de la mano en los espacios públicos, pero a medida que Eve completaba sus diarios con reflexiones acerca del amor, los otros iban agotando las excusas para evitar quedarse a solas con ella.

Ya más adulta, se confió a aquel individuo con labio leporino que, tras años de relación, la abandonó en una silla de ruedas. Tiempo después le tocó el turno al borracho infiel que le demostró que hay hombres incapaces de amar sin provocar un daño irreparable a cambio. Sufrió tanto la muerte de sus padres que no pudo más que concluir, por todo lo vivido, que las relaciones íntimas entre personas vulnerables están siempre condenadas a la desgracia.

Fue entonces cuando Eve Friedman perpetuó un comprometido acuerdo de convivencia con la soledad: tú y yo nunca nos abandonaremos.

Le supuso un alivio aprender, sin grandes esfuerzos, a actuar a modo de molino de viento aislado en medio de un terreno fértil. Sus propias emociones dejaron de atacarla para convertirse en la fuerza natural que ponía en movimiento las aspas de su creatividad. Los años a solas transcurrieron en calma; entregada a la escritura diaria, satisfecha ante los resultados y sin que tuviese que reponerse de nada más que de ligeros golpes de nostalgia ante un triste plato de comida recalentada o una noche de sábado eterna.

Cuando ya hacía tiempo que obedecía a esta disciplina, se empezó a reunir con Bashevis Singer todos los domingos de todas las semanas durante los siguientes tres años. La compañía del escritor polaco le renovó las energías, pero la conexión entre ellos nunca llegó a sobrepasar lo puramente intelectual. Por tanto, el contrato con la soledad se mantenía a salvo. A pesar del empeño de Isaac por conquistarla, no veía en él nada más que una fuente de ingenio y sabiduría encerrada en el cuerpo de alguien que a ojos de Eve no era sino un anciano al que jamás pondría la mano encima. El éxito que ha alcanzado como dramaturga se lo debe a esa persona que, una vez concluido el proyecto, desapareció de su lado para siempre.

Ahora los lunes se han convertido en el centro de su vida. Preferiría deshacerse de los otros seis días de la semana. Y aunque desea por encima de todo cobijarse entre los brazos de la única persona a la que hoy se siente unida, la soledad se empeña en mantener su compromiso hasta el final.

Entretanto, Eve se ha quedado completamente a oscuras en el salón de casa.

Es huesuda y pálida, tiene mirada rasgada, labios finos, barbilla puntiaguda. Tiene aires de salchicha alemana. A pesar de que no se le ven arrugas en el rostro, en su rictus severo se revela una vasta experiencia laboral; al menos media docena de ancianas seniles ya deben de estar fosilizadas en su currículum. Va demasiado maquillada para ser enfermera, piensa Eve, ¡a dónde se ha creído que viene!

Lleva minutos estudiándola por la mirilla de la puerta mientras la desconocida se limita a esperar, quieta como una lápida, en el pasillo. Solo se mueve para acercar una de sus orejas a la puerta, de forma que Eve se ve forzada a contener la respiración hasta que la otra despega la cabeza y pulsa el timbre por cuarta vez. Antes de decidirse a abrir suspira a fondo.

—Buenos días, Evelyn. Soy Whoopi. Encantada.

—¿Has dicho Whoopi?

Tras acomodarse en el salón, la enfermera expone una larga introducción sobre sí misma. Habla igual que una locutora de radio, con voz silbante y párpados entrecerrados, sin mirarla directamente a los ojos, como si en lugar de una oyente de cuerpo presente, tuviese un micrófono frente a sí. Cabe destacar la generosidad con la que ensalza sus propias dotes: preparada, dedicada, respetuosa, discreta como pocas, muy empática, organizada, una cocinera de categoría, con interés cultural y…

—No sigas, por favor. Con solo echarte un vistazo ya me hago una idea. ¿Te importaría pasar el aspirador?

—En absoluto. ¿Dónde lo tiene guardado?

—No lo sé.

Eve no tarda en percatarse de que, a pesar de estar eliminando hasta las motas de polvo más discretas, Whoopi se comporta de un modo poco profesional, especialmente considerando que es su primer día de trabajo. A cada rato consulta el teléfono móvil y se dedica a teclear con ambas manos durante periodos largos. Ni siquiera la mirada fija de la anciana refrena su descaro. Hay algo en todo esto que le despierta ciertas sospechas… ¿Y si mantiene una comunicación constante con Deborah? ¿Qué clase de información estarán intercambiando? ¿Qué se proponen? Desde la butaca, Eve sigue los desplazamientos de la forastera en busca de respuestas.

No obstante, la deliciosa crema de espárragos que le prepara para comer logra disuadirla. Después de repetir dos veces, una sonrisa plena de satisfacción aparece entre los mofletes sonrosados de Eve. Le parece que vaya a reventar, y se siente mucho más tranquila. Acepta salir a dar un paseo. Animada, entra en la habitación para arreglarse con un sombrero de paja y gafas de sol. Al reencontrarse las dos en el vestíbulo, una mueca avinagra la expresión de Whoopi.

—Esos son zapatos de neopreno… Sirven para bucear.

—Lo sé —ratifica Eve, moviendo uno a uno los deditos de los pies—. No son los más elegantes, pero sin duda son los más cómodos para caminar. ¿Vamos?

—No puede salir a la calle así, Evelyn.

—¿Por qué no? Los otros me hacen daño.

Todos los argumentos que utiliza resultan igualmente inútiles ante su obcecada interlocutora, que se limita a exigirle que se cambie de calzado. De nuevo en la habitación, se sienta al borde de la cama y se quita el sombrero, lanzándolo al suelo con desdén. En cuanto localiza los zapatos ortopédicos, intuye que este es el primer paso de la transformación a la que se está viendo sometida. Si no reacciona a tiempo, en cuestión de semanas será un trasto inútil.

Llaman por teléfono. Eve, absorta en tristes cavilaciones, ni se inmuta.

—Miss Friedman ahora no está disponible —oye desde el dormitorio.

Whoopi ya ha colgado cuando ella llega con un solo zapato al salón.

—¿Por qué has dicho eso? ¿Quién era?

A pesar de que le responde que no han dejado ningún nombre, se apresura a la mesita donde tenía apuntado el número de Jorge.

—¿Dónde está mi agenda?

—Allí solo había papeles arrugados.

—¿Y dónde están?

—Los he tirado.

—¡Esa era mi agenda!

Un nudo le oprime la garganta al darse cuenta de que ya no reconoce su propio apartamento. En cuestión de horas ha dejado de pertenecer al espacio diáfano, limpio y escrupulosamente organizado que ahora la encierra como una pecera sin oxígeno.

—No se altere, Evelyn —la consuela Whoopi desde la distancia—. Seguro que volverá a llamar.

Hay una palmera enorme en el centro del comedor. Sus acabados son tan precisos, con un grupo de cocos apelmazados bajo las hojas y las cicatrices que se entrecruzan a lo largo del estrecho tronco que, aunque es falsa, transmite a los comensales del restaurante el espejismo de hallarse lejos de la ciudad. Cuando el camarero acaba de anotar el pedido, les sonríe y da media vuelta. A partir de entonces Jorge se queda observando a su compañera y la ansiedad de Eve no le pasa inadvertida.

—¿Por qué no me has dejado subir a tu casa?

—Es mejor que Whoopi no te vea —murmura, repiqueteando con sus dedos en la mesa.

—No te oigo. ¿Puedes hablar más alto?

Eve se encorva para acortar la distancia entre ellos. Antes de responder con un volumen todavía más moderado, mira con disimulo las mesas circundantes.

—Nos podrían haber seguido.

—¿Seguido? ¿Quién?

—Otra «enfermera» —enfatiza el doble significado haciendo con las manos el gesto de unas comillas— que mi sobrina haya contratado para vigilarnos mientras estamos juntos. —A continuación, se cubre la boca con la servilleta a fin de que nadie pueda leerle los labios—: Hay cámaras y micrófonos escondidos en todas las habitaciones de mi piso. He descubierto que en realidad es detective privado.

—¿Quién?

—Whoopi. Aunque está claro que es un nombre falso. En toda mi vida solo he oído hablar de una Whoopi y es negra como el carbón.

—¿Whoopi Goldberg? —adivina, divertido.

A medida que le explica atropelladamente las razones que la han llevado a desconfiar, la mandíbula del joven se va desencajando y el rostro se le ilumina. No deja de asentir con rápidos movimientos de cabeza, entusiasmado ante lo que está escuchando.

—Espera —la interrumpe para coger de la mochila un bolígrafo y la libreta—. No tan deprisa, Eve. ¡Es genial!

—¿Genial?

—Has dado con lo que nos faltaba para completar nuestra historia. ¡Por fin lo tenemos! Una tía-jueza que, de un día para otro, se convierte en una mujer malpensada y súper controladora, se interpone aliada con una enfermera-detective en la inocente relación de los protagonistas. ¿Cuándo se te ha ocurrido?

La mano abierta de la anciana aterriza sobre las palabras que él está escribiendo, impidiéndole continuar.

—Esto no tiene nada que ver con nuestro guion, Jorge. Te estoy hablando de mi vida… o, mejor dicho, de lo poco que queda de ella.

Solo en este momento el joven parece captar la sombra paranoica que se ha interpuesto entre su amiga y el mundo y que le confiere aspecto de anciana loca.

—Nadie nos está espiando. Tienes que dejar de pensar que tu sobrina ha tramado una conspiración contra ti.

—No es solo contra mí. Es contra nosotros dos.

—Entiendo que odies vivir con alguien que no has elegido tú, pero debes reconocer que tiene un lado positivo. Hueles como si acabaras de salir de un spa y, por lo que me has dicho antes, tu casa está más limpia que un museo. Además, te aseguro que es un disparate pensar que están en contra de nosotros. No estamos haciendo nada malo.

Como no da con más argumentos para convencerlo, apoya el codo en el centro de la mesa con intención de que él le coja la mano. A pesar de todo, necesita seguir sintiendo que están en el mismo bando.

—¿Te acuerdas cuando te decía que nadie debería perder su valioso tiempo buscando a alguien con quien compartirlo? —El otro asiente, estrechándole con fuerza la mano—. Hazme el favor de olvidarlo, cariño, y ponte a buscar cuanto antes a una persona que piense en ti cada día, a todas horas…

El camarero aparece con las bebidas, obligándolos a separarse.

Desde que la enfermera irrumpió en el día a día de la enferma, esta última ha dejado de reaccionar a los timbrazos del teléfono. Aunque lo hiciese, sabe que de todas maneras Whoopi llegará al aparato antes que ella. Por eso, cuando hoy llaman a media tarde, Eve se mantiene a la expectativa pero sin moverse de la butaca. En cuanto escucha el nombre de Deborah, agita los brazos para que le comunique que no está disponible. Lleva días negándose a hablar con ella.

—Está aquí mismo. Ahora se la paso.

Se levanta tan rápido como puede y corre a encerrarse con pestillo en el cuarto de baño. Whoopi insiste en balde golpeando la puerta con los nudillos hasta que, rendida, se aleja. Eve la escucha cuchichear con su sobrina, pero no logra entender ni una palabra de lo que le dice. Cuando vuelven a coincidir en el salón se crea un silencio tenso y pesado. A pesar de que Eve finge entretenerse con la prensa, puede notar la mirada de la enfermera clavada en su frente.

—Debería ser más agradecida con Deborah —la oye decir.

Levanta la vista del periódico para encontrar a una Whoopi en jarras.

—¿Y eso por qué? —pregunta Eve—. ¿Por habernos reunido a ti y a mí?

La indignación se extiende como lava por las mejillas chupadas de la asalariada.

—Por desgracia, durante mi trayectoria profesional me ha tocado ver de muy cerca desastres que ocurren en hogares idénticos a este. Le aseguro que es usted muy afortunada por poder contar con una mujer tan buena y generosa como su sobrina, Evelyn. Trate de corresponderla con justicia.

¿Justicia?, piensa al desviar rápidamente la mirada de la otra. Recupera el periódico y, a medida que pasa las hojas con pulso trémulo, se esfuerza por recordar el significado de esta palabra.

El cielo está completamente despejado. La luz que se filtra a través de las cortinas colorea los muebles del dormitorio de un tono rojizo, como si fueran brasas dentro de una hoguera. Eve trata de agilizar sus últimos retoques en el tocador porque no quiere hacer esperar a Jorge, que está al llegar. Cuando suena el telefonillo, Whoopi lo descuelga al primer tono.

—¡Dile al portero que bajo en un minuto! —le avisa con el pintalabios en la mano.

—Dígale que suba, por favor. Miss Friedman todavía no está lista.

Al escuchar estas palabras, Eve estampa la barra color pastel contra sus dientes.

—¿Por qué has dicho que suba? —le pregunta desde la puerta de la habitación.

La enfermera se percata del desastre al primer vistazo. Saca un pañuelo del bolsillo de su delantal y va hacia ella para limpiarle la boca, pero Eve la aparta de un manotazo. El timbre de casa desvía la atención de ambas. Aunque la anciana es la primera que se encamina hacia el vestíbulo, al poco ve a la otra adelantarla con facilidad.

—¡Quieta! ¡Atrás! ¡Te prohíbo que abras la puerta!

Se quita el delantal y abre de todas formas la puerta.

—Tú debes de ser Jorge. Es un placer conocerte.

Contrariado por los gritos que acaba de oír, Jorge se presenta. Cuando están estrechándose las manos, Eve se interpone entre los dos. Todavía tiene los dientes sucios y respira con dificultad mientras agarra a su amigo del brazo para arrastrarlo cuanto antes hacia los ascensores.

—¿A qué viene tanta prisa? —quiere saber él, inmóvil.

—Hoy se ha despertado algo alterada. ¿No entras a por la silla? —sugiere Whoopi.

—Jorge, no… Es una trampa —le advierte Eve.

El recién llegado se suelta de su brazo para ir con total tranquilidad a por la silla de ruedas en el salón. Antes de salir del apartamento, intercambia una cordial sonrisa de despedida con la enfermera.

—¿Qué te pasa? —le pregunta una vez las puertas del ascensor se han cerrado—. Te comportas como si la pobre mujer fuera una asesina en serie.

—Esa «pobre mujer» —repite lentamente, dejándose caer sobre la silla— acaba de lograr su objetivo. Por fin te ha puesto cara, Jorge.

—¿Y? Es natural que quiera conocer a la persona con quien sales a cenar una vez por semana.

—No le habrá gustado averiguar que eres un sinpapeles tan joven y atractivo.

—¿Un sinpapeles? Pero si yo lo tengo todo en regla.

—Eso Deborah no lo sabe ni se interesará por descubrirlo. Se ha creado su propia versión de nuestra historia y es la única que le vale. Apuesto a que Whoopi ya está al teléfono describiéndole tu aspecto de pies a cabeza.

—¿Por qué te empeñas en creer que van a por nosotros?

Eve atrapa una de sus manos y la retiene entre las suyas.

—Van a por lo que no entienden, Jorge. La gente hace eso.

Él se mete las manos en los bolsillos del pantalón.

—La que no lo entiende eres tú, Eve. Cada día te crees más tus paranoias. Si sigues dando rienda suelta a tu imaginación acabarás perdiendo la cabeza.

—¿Quieres decir que lo nuestro es fruto de mi imaginación?

Tenso como una cuerda de guitarra, el chico guarda silencio, transmitiéndole a ella el ansia de la duda. En cuanto Eve nota la silla desplazarse hacia la planta baja, le ordena que se detenga.

—No quiero cenar fuera —cambia de parecer, huraña.

—¿Prefieres que nos quedemos en tu casa?

—Noooo.

—¿Pues dónde coño vamos? —pregunta en un arrebato de impaciencia, cruzándose de brazos.

Los ojos se le llenan de lágrimas al darse cuenta de que ya no existe refugio que valga. Se siente anclada en el punto exacto en el que están. El pasado resulta ser una fábula y el futuro está en las peores manos. Tan pronto las puertas del ascensor vuelven a cerrarse, Eve rompe en gemidos que llenan de golpe la cabina y los ahogan en un asfixiante cubículo de indecisión y angustia.

Salen de la cocina a la vez con una magdalena de maíz que lleva clavada una vela. La inquieta llama crea un juego de sombras que desdibuja las facciones de ambas. Deborah y Whoopi le cantan el *Cumpleaños feliz.* Se aproximan a pasos cortos hasta la butaca en la que Eve lleva prácticamente toda esta última semana hundida, sin apenas moverse. No hace amago de soplar cuando tiene la vela al alcance.

—¡Pide un deseo!

—Mi cumpleaños fue hace al menos cuatro meses. Lo celebré con Jorge.

—Es hoy, querida —aclara la jueza antes de intercambiar una mirada cómplice con la enfermera. Whoopi las deja solas y Deborah se sienta frente a Eve—. Háblame sobre lo que haces los lunes por la noche. Vas a cenar con ese tal Jorge, ¿verdad? ¿Qué edad tiene?

Eve se muerde los labios y mira hacia el suelo sin intención de responder. La curiosidad de su sobrina le resulta tan violenta como un atraco a mano armada. Tras las ventanas del salón, el día mengua precipitadamente, pero sigue haciendo tanto bochorno como a las tres de la tarde. Deborah se incorpora y enciende una lámpara. Se mantiene inmóvil frente al foco de luz antes de continuar indagando, sin darse por vencida ante las reticencias de la otra.

—¿Por qué no os quedáis en casa? Al fin puedes presumir de un hogar encantador. Aquí estaréis más cómodos que en ningún restaurante. Además, te habrás dado cuenta de lo bien que cocina Whoopi. —Cada vez más impaciente, añade—: Eres tú la que paga las cenas del chico, ¿verdad que sí?

—No —replica igual de nerviosa que si compareciera ante el tribunal.

La jueza camina de un lado a otro con las manos entrelazadas tras la espalda. Su mirada reconcentrada ora se dirige a su tía, ora se fija en las tablillas de parqué que crujen bajo las suelas de sus zapatos. Eve se abanica con las manos. El calor se le pega a la piel como un tejido sofocante.

—¿Qué te pide a cambio de su compañía?

—Estamos escribiendo un guion. Eso es todo.

Deborah se muestra escéptica.

—De todas maneras, Whoopi y yo controlaremos tus gastos de ahora en adelante. Es más conveniente que os veáis en casa.

Vuelve a tomar asiento y resopla como si llegara de correr un maratón. Agita el escote de la blusa para airearse el pecho. Tiene las mejillas sonrosadas y la frente perlada de sudor. No tarda en soltar «¡Necesito unas vacaciones!» y, acto seguido, enredarse en otro monólogo sobre su exigente profesión. Hilvana diferentes casos recientes —homicidio con arma blanca, intento de secuestro a la salida de un colegio privado, allanamiento de morada de una vivienda en el Upper West Side— hasta que concluye:

—Nueva York es un nido de ratas y cucarachas. Una ha de tener un ojo en la espalda para que no le tomen el pelo.

—¿Por qué te empeñas en destrozar el poco tiempo que me queda?

La imprevista acusación de Eve pilla a su sobrina por sorpresa, que se retrepa contra el respaldo de la butaca y aprieta los labios. Los ojos se le hacen tan pequeños que apenas tienen presencia dentro de su cara.

—Confío en que algún día te darás cuenta de que te estoy protegiendo.

Una súbita carcajada estalla en su garganta y hace que la pasta de dientes salga disparada contra el espejo del cuarto de baño. No puede dejar de reír al pensar en lo desconcertante que resulta la higiene bucal a escasos minutos del final. Lleva el camisón puesto. Tras recuperar la calma, se enjuaga la boca.

Ya en la cama, observa la pastilla en la palma de la mano. Es del tamaño de una semilla, con la diferencia de que, en lugar de engendrar vida, esta la aniquila. Se la lleva a la boca. Es sorprendente la calma con la que está manejando la situación. No le cabe duda de que con un revólver se hubiera hecho pis encima. Traga sin necesidad de beber agua y pulsa el interruptor de la lámpara, impaciente por emprender el viaje de no retorno.

En cuanto se cubre con las sábanas, una sonrisa despunta en su rostro. El cerebro, antes de apagarse por completo, le está satisfaciendo un último deseo: Reproduce las escenas de su historia con Jorge con la misma nitidez que si se tratara de un visionado de la película que han estado escribiendo juntos.

Se estremece al verlo aparecer como un oasis al fondo del pasillo. Avanza con paso tranquilo, ensimismado, las manos en los bolsillos del pantalón. Todavía se mantiene ajeno a la desgracia de Eve, como si se resistiera a abandonar la apacible burbuja de inconsciencia que le brinda su juventud. Hace semanas que no conectan como antes, y mientras tanto ella sigue consumiéndose a marchas forzadas. En cuanto se encuentran, Eve le advierte de lo siguiente en voz baja:

—No podemos salir a cenar. Shhhhh. No hagas preguntas, te lo explicaré todo más tarde. Ahora vamos directamente a la habitación, ¿entendido?

Jorge saluda a la enfermera. Eve coge el periódico que hay sobre la mesa y entran en el dormitorio sin dar explicación alguna. Cierran la puerta tras su paso y dejan a Whoopi sola en el salón.

—¿Ocurre algo? —pregunta, desconcertado ante el cambio de plan.

Podría resumirle todo lo que ha pasado desde la última vez que se vieron. Podría añadir nuevas pruebas que confirman sus sospechas sobre el plan irremediable que traman Deborah y Whoopi. Podría confesarle que lleva siete noches seguidas fantaseando con la idea de tragarse una pastilla que la haga dormir para siempre. Pero sabe que estas confesiones superan la capacidad de comprensión de su amigo, y no hay tiempo que perder. Hoy pretende dedicarse en exclusivo a escuchar su voz.

—Leamos el periódico juntos, Jorge.

Se quitan los zapatos antes de tumbarse en la cama. Ella, de medio lado, se recoge en un ovillo. El joven no tarda en desdoblar el periódico y pasar las páginas hasta decidir, un poco al azar, qué artículo va a leer en voz alta. Nada más escuchar el titular sobre la gira de Lady Gaga y Tony Bennett, Eve cierra los ojos y hunde su cabeza en la almohada. El nombre del cantante la ha sumergido en la más refrescante nostalgia.

—Tony Bennet ha tenido la fortuna de envejecer sin que su voz se estropee.

—Escuchemos algo de él. —Deja a un lado el periódico para hacerse con el teléfono móvil—. Elige una canción.

La melodía de *I left my heart in San Francisco* llena de pronto el dormitorio y los envuelve como vapor de agua. Jorge activa el ventilador sobre la mesita de noche e imita la posición de ella, encogiéndose a su lado. El joven y la anciana descansan en la mirada de su acompañante. La corriente de aire que les revuelve el pelo les da la apariencia desenfadada de dos bañistas en la playa. Sonríen a la vez con los labios cerrados, como para evitar que la arena les entre en la boca. Un acogedor sentimiento de hogar se transmite de un cuerpo al otro. A pesar de sus últimos malentendidos, se reconocen. Al fin y al cabo siguen siendo «ellos», escuchando música, al margen de «todo lo demás».

—Es injusto porque tú, tarde o temprano, me olvidarás, mientras que yo no tengo más remedio que llevarte conmigo a la tumba.

—Las personas como tú no se olvidan nunca, Eve.

La balada termina al mismo tiempo que la enfermera abre la puerta y avanza hasta detenerse en el centro de la habitación. Habla de cara a la estantería, dándoles la espalda.

—Siento interrumpir, pero debéis estar donde yo os vea.

—¿Qué? —preguntan a la vez, saliendo sin aire de su dulce arrobo.

—Deborah dice que no podéis quedaros aquí encerrados ni un minuto más.

Jorge se incorpora de la cama de un salto, como lo haría un amante pillado in fraganti.

—¿Por qué no nos miras? —se pronuncia Eve—. ¿Crees que nos hemos quitado los pantalones?

—Me limito a obedecer órdenes.

—¡Date la vuelta y míranos a la cara! —exige ahora, incapaz de conseguir incorporarse de la cama, como si las sábanas la tuvieran presa por mandato de Deborah—. Yo soy la única dueña de la casa. Lo que ocurre bajo este techo es «mi» vida.

—No podéis estar a solas en el dormitorio. Salid, por favor.

Cuando abandona la habitación, Whoopi deja la puerta abierta de par en par. Jorge permanece quieto a un lado de la cama, golpeado por la realidad a la que había estado dando la espalda. Sus ojos, aunque muy abiertos, no miran a ninguna parte, son simas llenas de confusión. Al fin Eve logra incorporarse por sí sola y va hacia él, tambaleándose. Lo abraza pero él no responde. Los brazos le caen rígidos a ambos lados del cuerpo. La tos de Whoopi irrumpe desde el salón con la resonancia estridente del silbato de un policía. Obedientes a la autoridad, se calzan y abandonan el dormitorio cogidos de la mano. Eve guía a su compañero hacia el sofá hasta que la enfermera se interpone en el camino.

—Deborah dice que debes marcharte, Jorge. Ahora mismo.

Con el rostro lívido de golpe, los ojos del muchacho disparan la electricidad de los locos. Los orificios nasales se le ensanchan, el pecho se le hincha y la vena lateral del cuello se convierte en una anaconda. Todo él se expande como si estuviese sufriendo una mutación de naturaleza anormal.

—¿¡Quién cojones es Deborah!?

La enfermera está dispuesta a responderle, pero después de que Eve dé un paso al frente y repita la pregunta a un volumen aún más explosivo, ya no sabe qué esperan que diga. Retrocede y se lleva una mano al pecho, acobardada. Jorge, sin dejar de gritar la misma pregunta una y otra vez, recoge la mochila para irse. Eve le hace eco como un loro enloquecido, siguiéndole a pasos cortos por detrás hasta que se detienen en la puerta.

—¿Quién cojones es Deborah? —le susurra él con voz quebrada.

—Alguien demasiado normal.

Son más de las doce del mediodía y Whoopi todavía no ha aparecido por casa. Eve lleva horas en cama esperando oír el sonido de las llaves en la cerradura de la puerta. Tiene hambre. Debería prepararse el desayuno ella misma, pero algo la retiene. A la inseguridad de hacer sola lo que lleva semanas delegando en otra persona, se suma la sensación de resaca con la que ha amanecido. Le duele todo, como si el percance de la noche anterior se hubiera descompuesto en sustancias tóxicas dentro de su metabolismo.

Sale de la cama con esfuerzo. Antes de atreverse a pisar el pasillo descalza, se asegura de estar realmente libre de vigilancia.

—¿Hola? —Avanza unos pasos, cautelosa—. ¿Whoopi?

La agradable sensación de volver a andar por casa sin calzado suaviza su malestar físico. Recorre el salón, el cuarto de baño y la cocina. No hay nadie. Está sola. Su estómago, el órgano más estricto en cuanto a horarios, ruge con descaro. Todavía insegura, Eve pone una pequeña olla con agua a hervir y mete un huevo. Se sirve zumo de naranja en un vaso de chupito y lo ingiere sorbo a sorbo hasta terminar endulzándose los labios con el néctar que se mantiene fresco en su lengua. Sigue estando sola. Se le ocurre que, contra todo pronóstico, quizá Deborah haya resuelto finalmente devolverle la libertad. Toma asiento y rompe la cáscara del huevo con un golpe firme de cuchara.

Desea salir a la calle. Si las rodillas no le dan tregua, al menos bajará al patio del edificio para que le dé la luz del sol. Cualquier cosa antes de malgastar otro día en la butaca. Selecciona las prendas del armario y recupera sus zapatos de neopreno. No se olvida del pintalabios. Actúa con torpeza y prisas, como si temiera despertar de un sueño en cualquier momento. Sin embargo, cada nueva decisión que toma le vale como muestra de que esto es real. Hoy su vida va a someterse a un cambio verdadero. Antes de salir, Eve se detiene frente al espejo del vestíbulo para ladearse el sombrero. Al otro lado de la puerta principal suena de pronto el tintineo de unas llaves.

—¿Deborah? ¿Qué haces aquí?

Su sobrina avanza unos pasos hasta detenerse, perpleja, a metros de distancia.

—¿Se puede saber por qué tienes una maceta en la cabeza?

Eve vuelve a mirarse en el espejo y se da cuenta de que, además de la maceta de plástico, lo que creía una falda es una toalla de baño mal enrollada alrededor de la cintura. Enrojece de inmediato y titubea. Da un brinco al sentir las manos de Deborah sobre los hombros.

—Vamos a la habitación. Te ayudaré a vestirte.

No hay indicios de que su sobrina esté enfadada ni que haya venido con intención de discutir sobre lo que pasó con Jorge. Se muestra tranquila, como si nada hubiera pasado: le cambia la ropa, el calzado y limpia con cuidado el carmín que sobresale alrededor de sus labios. Eve tampoco va a sacar el asunto a colación porque teme no saber abordarlo y, tal y como ocurrió la noche anterior, acabe gritando sinsentidos. Se deja hacer, dócil, medrosa y callada.

—Últimamente hemos estado muy nerviosas, Eve. Es normal porque todo esto es tan nuevo para ti como para mí. Nos vendrá bien una tregua. —Deborah alcanza una maleta del armario y empieza a guardar prendas—. Quiero que respires un poco de aire puro lejos de Manhattan. Además, te espera una sorpresa que te va a gustar… Alguien muy especial está abajo, en el coche.

—¿Quién?

—Un joven que ha insistido en acompañarnos.

—¿A dónde?

—No te lo puedo decir.

Eve siente que algo oscuro le sube por dentro. Es impotencia, rabia, es su propia fragilidad convertida en disgusto y rebeldía. Tras vacilar, replica:

—Lo siento, Deborah, pero no puedo ir… Tengo cosas que hacer aquí.

—¿Qué cosas? —pregunta, cerrando la cremallera de la maleta—. Ya no tienes que preocuparte por nada. Todo está preparado.

—¿Pero a dónde me llevas?

En el vestíbulo del edificio le repite la pregunta al portero que les espera con la puerta abierta. No obstante, tan solo le ofrece una sonrisa rígida como saludo… o despedida. «¿Es esto morirse?», piensa Eve al salir de la mano de su sobrina, «¿ir desapareciendo poco a poco como el actor al que el telón va cubriendo al caer?». Deborah golpetea la ventanilla del asiento del copiloto. Un joven grande, pálido y pelirrojo al que Eve no recuerda haber visto nunca se presenta como Jimmy y le cede el asiento.

Una vez en marcha, la anciana pega la frente al cristal de la ventanilla y mira por el espejo retrovisor la ciudad que se aleja.

—Al menos dime cuánto tiempo estaré fuera.

—Temporalmente.

Pierde toda esperanza al escuchar la misma palabra que utilizó el recepcionista del centro deportivo al anunciarle las reformas. «Temporalmente» se ha convertido para ella en una condena perpetua. Con los ojos anegados en lágrimas, reza a un dios en el que nunca ha creído, suplicándole que la decrepitud le obnubile por completo la cabeza y los sentidos antes de estacionar en su última parada.

—¿Él sabrá dónde encontrarme?

Deborah aprieta los labios en un gesto casi imperceptible y, benévola de pronto, y hasta indulgente, vuelve la cabeza para buscar la mirada de su tía. Eve la mira a su vez con ese pavor lleno de asombro ante lo desconocido que solo se encuentra en los peores recuerdos de infancia. Rápida, Deborah aparta la mirada.

—No te va a faltar nada.

«E il naufragar m'è dolce in questo mare»